光文社文庫

長編ホラー

203号室
新装版

加門七海《ななみ》

光 文 社

203号室

鍵を締め、沖村清美《おきむらきよみ》はゆっくりと部屋の中に視線を向けた。

剝《む》き出しの窓から、白い陽光が何もない部屋を照らしていた。清美はそこに目を細め、一瞬、確認するごとくカーテンレールを眺めたのちに、小さく幾度も頷《うなず》いた。

(あそこにベッドを置きたいわ)

(カーテンは落ち着いた色にして……模様は癒し系ってところよね)

口許《くちもと》に微《かす》かな笑みが浮かんだ。

その視線の外で水が一滴、思いがけない音を立て、冷たいシンクに滴《したた》り落ちた。

1

大学に入ったら、独り暮らしをしようと決めていた。親兄弟と折り合いが悪いというわけではなかったが、いい加減、家族の干渉が煩《うるさ》くなってくる年頃だ。それ以上に、都会に出てみたいという思いが彼女を支配した。地方都市では物足りない。その物足りない街に出るのに、バスと電車を乗り継いでいかねばならないのが腹立たしかった。

「同じブランドの服でもさあ、東京とこっちじゃ、売ってるものが違うんだって」

そんなことを聞くにつけ、清美の心は憧《あこが》れと、もやもやとした羨望《せんぼう》に囚《とら》われた。格別、ブランドに興味はない。しかし、東京というブランドは、やはり魅力的だった。中学の修学旅行で一度、東京には行っている。国会議事堂を見学した印象は残ってなかったが、原宿や新宿の雑踏と、駅々の記憶は強烈だった。

原宿駅から見下ろした竹下通りは、蠢《うごめ》く頭で黒く染まっているかに見えた。新宿駅とその周縁は、どこが地面かわからないほど入り組んだ地下道と道路に侵され、そこを歩く人々は、ウエハースの隙間《すきま》に潜った蟻《あり》を清美に連想させた。

電車のドアも、ファッションビルの出入り口も、開くたびにぼろぼろと人を吐き出し、呑《の》み込んでいく。

清美は人に酔い、街並みに酔った。

脳味噌が鬱血《うっけつ》したような頭痛に吐き気まで覚え、彼女は渋谷の雑踏で止まった。

確か、センター街の近くの道だ。道を歩く人影は皆、清美よりは年上らしく、それでも二十歳にはならないような男と女で埋まっていた。彼らはほとんど数人連れで、ほとんどが茶色い髪をして、東京でしかできないような、派手で可愛い格好をしていた。そして立ち竦《すく》む清美を追い抜いたり、すれ違ったりしながらも、髪の毛一筋触れずに過ぎた。

(誰も、私にぶつからない)

眩暈《めまい》の中で、彼女は思った。

(私を見ないし、ぶつかりもしない。無視してるってことにもきっと、彼らは気づいてないんだわ)

見えないわけではないことは、肩をついと横にずらして避《よ》けることからも明瞭だった。しかし、路上の人々の意識の中に、彼女はいない。

透明人間になった気がした。

同時に、透明人間は自分だけではないと気づいた。

みんながみんな、反発し合う磁石のように、反射的に距離を置きながら、磁気の源には心を向けない。

見ない。

見えない。

見る気がない。

それこそが、人と情報で溢《あふ》れる都会で暮らしていくための、賢い処世術なのだ。

それができなければ、都会に棲《す》む人としては失格なのだ。

のぼせたように浅い呼吸を繰り返し、清美は東京に判断を下した。

見ない。

見えない。

見る気がない。

(なんて、格好いいんだろ)

——そのときの気持ちを思い出し、清美は溜息《ためいき》をついた。

二階のベランダから覗《のぞ》いた景色は、彼女の思い描いていた東京とは、まったく異なっていた。

小さな家ばかりが並んだ、こちゃこちゃ狭い住宅街は、少し歩けば畑まである。藁葺《わらぶ》き屋根を戴《いただ》くような古い家こそないものの、ここを都会と称することはかなりの無理があるだろう。

親を説き伏せ、東京の大学に進学することを了承させたまでは順調だった。しかし、合格した大学は郊外にあり、見つけたアパートも都心から近いとはいえない場所だった。

東京の家賃は高すぎる。都心に近い、小綺麗《こぎれい》なマンションで暮らす費用を両親に負担させるのは、さすがの彼女でも気が引けた。

結局、財布と相談し、選んだのはフローリングのワンルーム——いうならば、一間《ひとま》のアパートだった。

夢との隔《へだ》たりは大きい。が、清美の心は弾んでいた。

東京に出たこと自体より、実家を離れて、独り暮らしが叶《かな》ったという喜びが強い。

実家の部屋は、思い出という埃《ほこり》にまみれたもので溢れかえっている。ぬいぐるみや、聴かなくなったCDや、昔、好きだったアイドルの写真が、棚と引き出しを占領し、タンスの中には、着なくなっても捨てられない服がぎっちり詰まっている。

愛着があるからこそ取ってあるのは間違いないが、それらは皆、どこか鬱陶《うっとう》しかった。

彼女は家族から遠ざかると同時に、少女時代をそのまんま抱え込んでいるような部屋からも目を逸《そ》らしたかった。

新しい土地と新しい部屋は、そんな清美の願いを叶えた。彼女は大きく息を吸い、窓枠に手をかけて振り向いた。

決して、素晴らしい物件ではない。

築六年という建物は、どこにでもあるモルタル二階建てだ。

南向きの窓の一直線上にあるのは、安っぽいスチールのドアだった。その左右には、キッチンとユニットバスが向き合う形でついていて、間仕切りのないフローリングの一部を廊下状に見せている。収納は少ない。キッチンとメインルームを隔てている一間《いっけん》の板張りの押入れのみだ。居間兼寝室になる部屋は、半端な七畳という広さ、いや、狭さだし、低い天井には圧迫感を覚える人もいるに違いない。

それでも清美は白木の床と、クロスを張り直したばかりの白い壁と天井を、清々《すがすが》しいと考えた。何より、この空間を独り占めできる喜びが、すべてを美しく見せていた。

(この部屋は、私の思いのままになる)

取りつけたばかりのカーテンが、風を孕《はら》んで腕に触《さわ》った。そこに手を絡《から》めるようにして、清美は満足げに微笑《ほほえ》んだ。

カーテンは、リーフ模様をプリントしたモスグリーンのものにした。今、踏んでいる寝台はマットレスタイプのソファベッドで、そこに寄りかかったとき、観られる位置にテレビを置いた。空いた床の中央には毛足の長いカーペット、その上にちょっとレトロなデザインのローテーブルが配置されている。

クローゼットは置かず、とりあえず、衣類そのほかは押入れの中に突っ込んだ。水廻りのデザインの野暮ったさは隠せなかったが、バス用品はちょっと気張って、デザイナーズものに似た透明なアクリル製で揃《そろ》えてみた。

無論、似ているというだけで、デザイナーズブランドではない。それも、カーテンも、食器の類《たぐい》も、ほとんどは量販店と百円ショップをはしごして購入したものばかりだ。言わば安物揃いだが、清美は新しい部屋を雑誌で見たような「おしゃれな部屋」に近づけようと努力していた。

(あとはキッチン周りの小物と、洗面台のコップと歯ブラシ立てと)

息を詰めるようにして考えている自分に気づいて、彼女はふふっと声を漏らした。大学の講義を選んでいるときより余程、真剣だ。

(美術系に行って、インテリアでも学んだほうがよかったかな)

清美はベランダから離れ、身軽にキッチンに向かっていった。

お茶を淹《い》れてテーブルに座ると、けだるいような疲れを感じる。新しい環境に興奮し、掃除に買い物、授業の支度と、ここのところ動きづめだった。高校時代、テニス部にいたので、体力には自信があったが、今の疲労は運動をしたときとはまた、別種のものだ。彼女はそれを東京という環境のせいだと考えた。

大学とアパートは都会の周縁に位置していたが、家具や何かの買い物は、大型量販店を求めて、何度も都心まで出かけていった。

そこで何より驚いたのは、どんなところでも必ず人影が視界に入るということだった。加えて、夜遅くまで店が開き、闇が薄いということも、彼女の神経を刺激した。故郷にもコンビニはある。夜十一時まで営業している。しかし、それを東京の光と比べるのは無理だった。

最初、この部屋で過ごした夜、清美は空の向こう側が明るんでいるのを見て仰天した。その方角が新宿に当たるのだと気がついたとき、正直なところ、押し潰《つぶ》されそうな圧迫感を得て不安になった。

もちろん、そんな弱気はすぐに心から閉め出してしまったが——肩の力を抜いたとき、まとわりついてくる疲れは決して、緑豊かな故郷では感じたことのないものだ。

ハーブティーで唇を湿らせて、清美はカーペットに寝転んだ。うん、と息を止めて手足を伸ばすと、疲労がたちまち眠気を呼び込む。

(抱き枕……柔らかいクッションも欲しいなあ)

彼女は仰向《あおむ》けになったまま、腹の上に両手を重ねた。開けたままにしてある窓から、ぬるい春風が入ってくる。それに頬《ほお》を嬲《なぶ》らせながら、清美は体の力を抜いた。

湿った綿のような疲労が、あっという間にうたた寝に誘《いざな》う。

(少しだけ)

自らに仮眠を許して瞼《まぶた》を閉じると、外の物音が切れ切れに、郷愁を誘うごとく耳に届いた。

子供の声。自動車のエンジン音……。

直後、間近に声を聞いた気がして、彼女はハッと目を開けた。

視界が妙に薄暗い。

清美はとっさに、目の前を払うごとくに手を上げて、その暗さが単純に、夕暮れによるものだと気がついた。

呆然《ぼうぜん》と、彼女は辺りを見渡した。

外はもう、暮れる寸前だった。

寝ていた覚えはほとんどないが、多分、目を閉じた瞬間に爆睡してしまったのだろう。

清美は小さく息を吐き、胸の上から片手を除《の》けた。

呼吸が浅く、詰まっている。自分の手の重みのせいで、なんだか嫌な夢を見たようだ。

聞こえた声は、定かではない夢に出てきた、男のものに違いない。

(なんて言ってた?)

思い出せない。

人を嘲弄《ちょうろう》するような、脅すような口ぶりだけが、煙のごとく脳の暗闇に漂《ただよ》っている。

清美は大きく息を吸い、そのまま眉間《みけん》に皺《しわ》を刻んだ。

異臭がした。

微かな腐敗臭を伴ったドブ臭さが、鼻の粘膜に薄く付着したようだった。清美は眉をしかめたまま、起き上がって辺りを見渡した。

落ち着かないことを言い訳に料理はほとんどしてないが、生ゴミがないわけではない。しかし彼女の感じた臭気は、それとは別物のようだった。

汚れた排水管の臭いに一番近いか。

(どこから臭ってくるんだろう)

潔癖とまでは言わないが、彼女は今まで誰からも、だらしないと言われたことはない。虫が苦手な質《たち》なので、食べ物の始末には殊に敏感だった。

だから、自分の部屋の臭いではない。

(アパート自体の配水管が汚れているんだったら、やだな)

清美は部屋の電気を点《つ》けると、キッチンと風呂場の配水管を確かめた。臭いはしない。気がつくと、異臭自体が消えている。それに改めて眉を寄せ、彼女は自分の肩に触った。床でうたた寝をしたせいか、肩がひどく凝っている。窓を開け放していたのが原因か、触れた肩は冷え切っていた。

突然、憂鬱《ゆううつ》な気分になった。清美は肩を回しつつ、ベッドに乗って窓を閉ざした。部屋の明かりが滲《にじ》んだように反射して、自分の影を映し出す。それを瞳の中に映じて、彼女は反射的に身を退《しりぞ》けた。

ガラスが歪んでいるに違いない。ときどき、この窓に映った影は、二重にぶれるときがある。自分の背後に重なって、もうひとつ、薄暗い影があるかのように見えるのだ。どのような距離と角度とで、影ができるかはわからない。だが、驚いて体を捻《ひね》った途端、影はいつでも消え失せる。

最初、不動産屋に連れられて、下見に来たときにもそうだった。外の景色を見ようとして、この窓に手をかけた途端、清美は息を呑んで振り向いた。

瞬間的に想像したのは、不動産屋が自分のすぐ、背後に立ったというものだ。錯覚にせよ、背中に人の体温までをも感じた気がしたからだ。

しかし、人の好さそうな不動産屋のオジサンは両手を背後で組んだまま、玄関口に立っている。

「このガラス、少し歪んでいるのね」

清美は思わぬ動揺を覚《さと》られないように呟《つぶや》いた。

「そうですか？　そうかもしれないですね。でも、気になるほどではないでしょう」

壮年の男は目尻を下げて、小刻みに体を左右に揺らした――。

自分自身に苦笑して、彼女は勢いよくカーテンを引いた。

日暮れに訪れる心細さは、ホームシックに違いない。三月に上京してきて、一ヶ月。清美にはまだ、友達と呼べる人間がいなかった。東京に来て、会話を交わした人のほとんどは不動産関係者と、どこかの店の店員だ。

(仕方ない)

大学の講義が始まり、バイトを始めれば、それも解消されるだろう。彼氏ができれば、寂しさなんか吹き飛んでしまうに違いない。

「……コンビニで、ご飯でも買ってこよう」

彼女はひとりで頷くと、弾みをつけてベッドを下りた。

2

予想通り、生活が軌道に乗るほどに、清美の交友は広がった。

講義のほか、週に三回バイトを入れて、彼女は体育会系とはほど遠い軟派なテニス部に籍を置いた。それから少し経《た》ったのち、清美は自分には縁のないミステリー同好会にも入った。

小説など読まない彼女が同好会に入った動機は、至って不純なものだった。入学当時から気になっていた青年が、そのサークルに入ったと知ったからだ。

最初に彼と会ったのは、オリエンテーリングのときだった。座る場所を見つけかね、うろうろしていた自分を知って、彼はさりげなく長椅子を詰めて場所を示してくれた。

もちろん、そんな些細《ささい》なことは感激するには当たらない。しかし、清美はそこで初めて、同期の学生との会話を得た。東京に来て以来、初めてのまともな会話といってもいい。

「私、英文科なんだけど」

清美はさりげなく、彼の手許の書類を覗き込んで囁《ささや》いた。

「俺もだよ」

「え、嘘《うそ》。本当?」

「マジ、マジ」

彼は歯を見せて、自分の学生証を示した。

——新里芳樹《にいざとよしき》。

彼女はその名前を記憶して、

「私、沖村清美っていうの」

はにかみを隠して口を窄《すぼ》めた。

自分の学生証の写真は、写りが悪くて見せたくなかった。多分、同性相手でも彼女は同じようにしたに違いない。けれども、彼に写真を隠したことが、新里を異性として意識するきっかけになったのは間違いない。

ジーンズにラフな綿シャツを合わせて、シルバーのブレスレットをした彼は、随分、垢《あか》抜けて思われた。ミステリーものらしいペーパーバックをリュックのポケットから覗かせているのも、すごく格好良く見える。

ほどなく、彼も清美同様の地方出身者だと知ったのだが——むしろ彼の郷里を聞いて、清美は親近感を募《つの》らせた。

新里が自分のことを、どう思っているかはわからない。自分自身の気持ちもまだ、はっきりとはしていない。ただ、清美はもう少し、親しくなりたいと考えた。だから、ミステリー同好会にも入ることを決めたのだ。

「……ふう」

玄関の前に紙袋を置き、清美は部屋の鍵を取り出した。薄青いスチールの扉の横に、部屋番号が記してある。

２０３

彼女は鍵を差し込んだ。

部屋を下見に来た当初から、清美はこの番号に妙な親しさを覚えていた。

『２０３号室』――。ニーマルサンではなく、ニヒャクサンゴウシツ――そう読んだときの響きがなんとなく、自分の気持ちに馴染《なじ》むのだ。

清美は今日、その気持ちを雑談のひとつとして新里に喋った。住まいの話はちょっとした親近感の証《あかし》でもある。彼女はそれとなくアパートの最寄り駅を口にして、新里の住まいが同じ地域にあることに、驚きと喜びの声を漏らした。

だが、新里の関心は住所には向いていなかった。彼は「へえ」と首を傾《かし》げて、

「二百三号室……二百三高地？　あ、沖村さんの親近感はさ、そこから来てるんじゃないのかな」

面白そうに目を動かした。

「二百三高地？」

鸚鵡《おうむ》返しに尋ね返すと、彼は少し清美のことを侮《あなど》ったような顔で笑った。

「聞いたことはあるだろう？　日露戦争のとき、旅順《りよじゆん》を陥《お》とすため、乃木希典《のぎまれすけ》が攻略した場所の名前だよ。以前、映画にもなったじゃん。旅順陥落がきっかけで日露戦争には勝てたけど、あの戦いで、日本軍は三千人以上の死者と、七千人近い負傷者を出したんだ」

新里は得意そうに語った。清美は彼の博識に素直に感心しながらも、微かに不快な気持ちを抱《いだ》いた。

自分のお気に入りのものに、ケチをつけられた感覚だ。

指摘されて反芻《はんすう》すれば、確かに清美の親近感は、二百三高地という地名から連想されたもののようだった。日露戦争に関する知識はほとんど皆無に等しかったが、映画のタイトルは記憶に残っている。新里の推理したとおり、両者の持つ音の近似が朧《おぼろ》な記憶に働いて、親しさとなったに違いない。

しかし、その発見は清美の心を沈み込ませた。

（三千の死者に、七千の負傷者）

そんな莫大《ばくだい》な犠牲を払った戦地と、部屋の番号が似ているなんて、どう考えても気分が悪い。

小学六年生のとき、彼女は視聴覚教室で広島長崎原爆の記録映像を観せられた。悲惨な映像の数々は、多感な時期の少年少女に戦争反対と核廃絶を啓蒙《けいもう》するには充分だった。が、何より心に残ったのは、死者と死にゆく人々の影――映像の恐怖と、絶対的に敵《かな》わない力に押し潰される、絶望と無力感のみだった。

(こんなもの、二度と見たくない)

以来、清美は戦争ものの映画や映像を視野に入れることを極力避けた。ニュース報道ですら顔を背けた。

そういう意味では、彼女は心弱い完全な平和主義者であり、学校教育は充分に効果を発揮したといえるだろう。しかし、清美は自分をそんな弱虫にした、あの日の映像を憎んでいた。

階段に焼きついてしまった人影。裸でだらしなく重なり合った、死者という名の肉の塊。痛みすら表現できなくなったケロイドだらけの少年の、開ききった黒い瞳孔……。

戦争という文字に触れるたび、そんな映像が甦《よみがえ》る。

きっと少女時代の清美は、ひどく多感だったに違いない。彼女にとって、視聴覚教室での体験は、まさにひとつのトラウマだった。

203

表札に記された数字を鬱陶しい眼差《まなざ》しで見て、清美は緩くかぶりを振った。

(二百三高地なんて……。あんなこと、嬉しそうに話してさ。彼って、もしかしてオタクじゃない?)

彼女は腹立ち紛《まぎ》れに、新里への評価をぐっと低くした。そして部屋の鍵を回すと、慎重に顔を差し入れる。

途端、激しく眉を顰《ひそ》めて、清美はドアを開けたまま、大急ぎで部屋に飛び込んだ。

部屋に異臭が籠《こも》っている。

微かな甘さを伴った、吐き気を催す腐敗臭だ。

最初に臭いを嗅《か》いで以来、悪臭は徐々に明確に鼻腔を刺激するようになっていた。

卵が腐ったような。葱《ねぎ》が冷蔵庫に入ったままドロドロに溶けてしまったような。あるいは死んだ魚の臭い。

彼女は息を詰めながら、カーテンを寄せて窓を開いた。

(今日は酷《ひど》いわ)

臭いは日によって質を変え、強弱も極端に異なった。自室と関係ないことは、その変化からも明確だ。

やはり、排水管からのものなのだろうか。けれども、清美はもう何回も、管の洗浄を行っている。それでも異臭がするというのは、ほかの部屋に問題があるか、大元のどこかが汚れているかだ。

(やだなあ。夏になったら、もっと酷くなるんじゃない?)

換気がてらベランダに出て、部屋の中を見つめると、電気の点いていない室内は夜のように暗かった。その向こう、清美の視界から一直線に、開け放ったままの扉が見える。矩形《くけい》に切り抜かれた空間が、トンネルの出口のごとく光っていた。清美はその輝きにぼんやりとした視線を当てた。

外は明るい。部屋は暗い。

と、長方形の空間が視線に応じたかのごとく、ゆっくり、細長く変わっていた。清美は瞬《まばた》きをして身を乗り出した。

風で、ドアが閉まりかけている。理由は単純明快なのだが、彼女はなぜかひどく焦《あせ》って、ベランダ用のビーチサンダルを脱ぎ散らし、部屋の中に駆け込んだ。

いやに激しい音を立て、ドアが一気に閉ざされた。清美は「ああ」と声を上げ、閉まった扉に突き当たる。

なぜか、心臓がどきどきしていた。慎重な手つきでノブを回すと、鈍く乾いた音と同時に、紙袋が倒れかかってきた。

本が数冊、袋から廊下に零《こぼ》れ出る。

「少し、勉強したいから」と新里から借りたミステリーだ。それを慌《あわ》てて拾い上げ、清美は密《ひそ》かに首を傾げた。

借りた本はすべて、名作や話題作となった翻訳ものの推理小説だ。その中になぜか、どう見てもホラーとしか思えない文庫本が一冊交ざっていた。

――『たたり』

清美はその本を紙袋の奥に突っ込んだ。

3

異臭の次に清美が気になったのは、床の温かさだった。

新宿で買ったミュールが嬉しくて、素足で履《は》いた午後のこと。彼女はバイトに行くために大学からアパートに一度戻った。そして裸足《はだし》のまま、玄関から部屋に抜けようとして、突然、床についた足裏に違和感を感じて身を竦ませた。

意識をせずに、何かを踏んづけでもしたかのようだ。だが、見下ろしても、床に変化はない。見えるのは、安い板張りの黄土色をした木目のみだった。

清美は感覚を反芻し、自分の感覚が〝生温かい〟ものだったことに気がついた。

床が、微かに温《ぬく》もっている。

(どうして)

怪訝《けげん》な顔をして、足許をじっと見つめたのちに、彼女は屈《かが》み込んで木目を撫《な》でた。手前から手を滑らせていくと、自分の膝《ひざ》の少し先から、床が温まっているのがわかる。温度はちょうど、誰かが椅子から立った直後に、自分が腰掛けたときに似た——人肌に近いものだった。

しかめた眉を一層寄せて、そのまま手を伸ばしていくと、数十センチ行ったところで、床は通常の温度に戻った。

「これって……」

唇の端に力を入れて、清美はゆっくり立ち上がった。

感じた温度と範囲から、連想できるものがある。

人が暫《しばら》く、この場所に座り込んでいたというものだ。

とっさに身を強張《こわば》らせ、清美は周囲を見渡した。誰かが隠れるスペースなどない。出がけに置きっぱなしにしてあった、ティーカップもそのままだ。

「気の、せいよね」

彼女は独りで呟いて、唇の端を、苦笑に歪めた。

気のせいではなくとも、どこかにまともな理由があるに違いない。実は建材がここだけ異なっていて、それを肌が感知したとか、一階にいる住人が真下でコンロを使ったとか。

やや強引な理屈を並べていると、鼻先を異臭が過《よ》ぎっていった。

清美は小さく舌打ちし、要らない荷物を中に放って、そのまま部屋から踵《きびす》を返した。

アルバイト先は、駅向こうにあるドラッグストアだ。週に三回、夜十時まで、彼女はそこでバイトを始めた。本当はもっとお洒落《しゃれ》な飲食店やブティックで働きたかったのだが、通勤時間を考えると、都心近くまで通うのはスケジュール的にきつかった。

（本当にここ、東京かしら）

彼女は小さな棘《とげ》に似た苛立《いらだ》ちを抱えて、バイト先への道を辿《たど》った。

穏やかすぎる景色が嫌になる。

賑《にぎ》やかなのは、駅前のほんの小さな一角だけだ。清美のアパートの近辺は、田舎とさして変わらない。特に夜半の静寂は、街とは思えないほどのものだった。

だからだろうか――。

彼女はバイト先の店に入るといつも、その明るさと、絶え間ない喧噪《けんそう》にホッとした。色とりどりの日用品とアップテンポの音楽が、彼女の気持ちを和《なご》ませるのだ。

今年、親元を離れるまでは、アパート周辺の環境こそが、清美の日常風景だった。にも拘《かか》わらず、今は部屋の静寂が心を落ち着かせることはない。

修学旅行で来たときは、彼女は喧噪に負けていた。それがどうして変化したのか。少しは人混みに慣れたのか。

「おはようございます」

店の中を通っていくと、ひとつ年上の中川ゆき子が、化粧品コーナーから手を振ってきた。

「キヨちゃん、今日は早いのね」

「うん。荷物置いて、すぐに来ちゃった。ちょっと買い物しようと思って」

清美は手を振り返し、洗剤コーナーに向かっていった。

ゆき子は高校を出たのちに、ここでパートで働いている。本業は女優で、小さな劇団に所属しているという話だが、とりわけ美人というわけではない。ただ、よく回る口と大きな声と、表情の豊かさは並以上だった。好奇心も強い質らしく、色々と人を詮索《せんさく》してくる。

清美が並んだ洗剤の中からスプレー式の消臭剤を手にすると、ゆき子は早速、身を乗り出して、気の毒そうに眉を顰めた。

「部屋の中、まだ変な臭いがするの？」

配水管の洗浄剤を買ったとき、ゆき子には事情を訊《き》かれている。清美は小さく頷いて、〈微香性〉と〈無香性〉、どちらにしようかと首を傾げた。

「原因がわからないから、嫌になるのよね」

「配水管じゃなかったんだ」

「多分」

「大家さんに相談してみたら？」

「うーん」

清美はスプレーを値踏みするような視線で睨《にら》んで、

「あそこ、物件を委託されている大手不動産屋を通して借りたのよ。だから、実際の大家さんとはまったく面識がないのよね」

「そっかあ。じゃあ、言いづらいよね」

ゆき子はますます同情を募らせた表情になり、それから何を思いついたか、ひとりでギョッと目を見開いた。

「ねえ。そこの水道、貯水タンクから給水するタイプじゃないよね」

「たかが、二階建てだもの。違うわよ」

「なら、いいけど……。ほら、どこかの話にあったじゃない。屋上の貯水タンクに鼠《ねずみ》とかが入り込んで、溺《おぼ》れて腐っちゃう話」

「やめてよ」

清美はスプレーを持ったまま、手を振り回した。

「いつも変な臭いがしているわけじゃないんだし。そのままでも、消えるときは消えるのよ」

気持ち悪い想像に抗するための言い訳だったが、ゆき子は聞いて、首を傾げた。

「どういうこと?」

「だからさ」

清美は〈微香性〉を棚に戻して、

「今日みたいに、変な臭いがしたまま、部屋から出るじゃない? で、少しして戻ると、臭いなんか全然、残ってないときがあるの。こっちの鼻が馬鹿になったのかなとも思うんだけど」

「それって、逆に気味悪くない?」

「どうして」

「だって、換気しないで臭いがなくなるなんて変。隙間風が吹き込むようなボロ家ならば別だけど」

「……そうね。隙間があるのかも」

清美は素早く頷いて、ゆき子の視線に背中を向けた。彼女に悪気がないのはわかる。しかし、ゆき子の解釈は慰めになるものとはほど遠かった。

(想像力が豊かっていうか……。それとも、想像力がないのかな)

多分、後者に違いない。

リアルに状況を想像できるなら、タンクに入った鼠の腐乱死体など、口に出すことは憚《はばか》るはずだ。加えて、もっとデリカシーがあれば、徒《いたずら》に不安を煽《あお》るような言動も控えるはずである。

(さっきの床のこととか言ったら、また、変なこと言うんだろうな)

清美はスプレーを買い、さっさと更衣室に向かっていった。

狭い廊下を進む途中、従業員用のトイレのドアが細く開いているのが見えた。洗面台の白い陶器が目に入る。

ディスカウントショップ自体が、ここに出店したのは去年と聞いた。だが、店の入った建物自体は年季の入った雑居ビルだ。廊下も古いし、トイレも古い。

彼女は蛇口に目をやった。このビルの屋上に、貯水タンクがあるかどうかは知らない。

が、

(鼠)

溺死した動物の死骸など見たこともないはずなのに、清美の脳裏にははっきりと、その様子が描き出された。

腐って、捲《めく》れ上がった黒い皮。ふやけた脂肪に、まとわりつくように湧く気泡。目玉はもう、ない。内臓は溶け、華奢《きゃしゃ》にも思われるような細い肋骨《ろっこつ》が覗いていて……。

瞬間、ぎゅっと目を閉じて、彼女は激しく身震いをした。ゆき子の想像力が貧困ならば、己《おのれ》は想像力過多だ。いや、わざわざしつこく考えて、自分を不快にしているのだから、想像力というよりも自虐趣味に傾いている。

(馬鹿みたい。うちのアパートに貯水タンクなんかないんだから)

死体の様子を想像したのは――そうだ。この間、テレビで観たからだ。ネイチャー系のドキュメンタリーで、サバンナに生きる動物達の生と死を扱った番組があった。その中、オアシスの傍《はた》で死んでいく動物達の映像が、生々しく映し出されていた。

(あれよ、あれ)

クッキーを食べながら観ていて、気持ち悪くなったのを憶《おぼ》えている。

「ったく」

清美は八つ当たり気味に、音を立ててロッカーを開いた。

そうして、根拠のない自分の気持ちに負けたように、首を竦めた。

（でも、ミネラルウォーターは買って帰ろう）

4

通信販売で手に入れたビーズクッションを顎《あご》に置き、清美は俯《うつぶ》せに伸びをした。四肢を伸ばすと欠伸《あくび》が出て、次いで、目尻に涙が溜まる。彼女は目の疲れを感じて、手にしていた本を伏せ、両手でごしごし瞼を擦《こす》った。

伏せた本は、新里から借りているものだ。

（面白いんだか、面白くないんだか……）

清美は溜息をついた。

活字の詰まった本は苦手だ。借りた五冊のうち二冊は読んだが、いずれも清美は途中で疲れて、犯人がわかるところだけ、先に見つけて読んでしまった。お陰で二冊目の本などは、まったくちんぷんかんぷんだった。前半の登場人物中に犯人の名前がなかったので、謎解《なぞと》き部分を読んだとき「誰、これ」と呟いてしまったほどだ。

（やっぱり、私には向いてないのね）

清美はクッションを抱きしめた。

このところ、新里とは会っていない。感想を訊かれるのが厄介《やっかい》で、わざと会うのを避けているのだ。

（どうせ、きちんと全部、読んだところで、私の感想なんか的外れに違いないんだし。馬鹿にされるのが関の山よ）

「オタクだもん」

彼女は呟いた。

新里が嫌いなわけではない。だが、どうしても『二百三高地』の件が、頭の中から離れなかった。あのときの自慢そうな、嬉しそうな、彼の顔を思い出すたび、意地悪をされた気分になる。実際、清美はあれ以来、自分の部屋番号が陰気なものに思えて仕方なかった。

彼女はクッションを抱いたまま、ごろりと体を仰向けにした。

興味のない本を読むよりは、真新しいクッションを抱いているほうが気持ちいい。大胆な模様のビーズクッションは、マシュマロのように柔軟で、うっとりするほど抱き心地がいい。彼女は薄く瞼を閉ざすと、窓からの風を楽しんだ。

相変わらず、おかしな臭いはときどき、部屋に充満する。発生場所が摑《つか》めないためか、買った消臭スプレーは全然、役に立たなかった。換気扇もあまり効果がない。唯一、効果らしい効果が上がるのが、窓を開け放つことだ。

清美はそれに気づいて以来、異臭のあるなしに拘わらず、自宅にいるときは必ず、窓を開けるようにした。問題は冬場の寒さだが、こういう有機的な臭いというのは、大概、冬場は薄れるものだ。清美は楽観的だった。五月という今の季節に、冬の心配まですることはない。

(それより、問題は夏だわよ)

最近の温暖化現象で、田舎でも真夏はクーラーが要る。東京の夏はそれ以上。ヒートアイランド現象とやらで、とんでもない温湿度だと聞いている。

(クーラー、買わなきゃダメかしら。でも、クーラーをつけたまま、窓を開けるのは不経済よね。電気代も馬鹿にならないし)

女性らしくこまごましたことを考えながら、清美はぼんやり天井を見た。ぶら下がり式の蛍光灯が、味気ない光を放っている。元々、部屋についていたものだ。

(床はフローリングなのに、なんでこういうのつけるかなあ)

あれも、これも、どうにかしたい。

(服もバッグも欲しいのに。それより、髪をカットしたい……。独り暮らしって、お金か

かりすぎ)

東京はキャベツも服も、みな高い。親からの仕送りにバイトの金を加えても、彼女が満足するような生活は夢の夢だった。

望んでいるのは、クールで生活臭のない大人の女の生き方だ。遮二無二《しゃにむに》インテリアに凝っているのも、美しい空間でハーブティーを飲み、時にはひとりで手作りパスタに白ワインでも傾けたい――そんな、ある意味、ミーハーな夢を持っているからだ。

どこにでもあるようなアパート暮らしをすることになってしまったからこそ、清美は意地になっていた。

(友達が来たとき、みんながアッと驚くような素敵な部屋にしたいんだ。それで『独り暮らしの達人』とかさ、そんな雑誌に紹介されて、メジャーデビューを飾るんだ)

彼女は薄く含み笑って、大きく寝返りを打った。

自分が有名になる想像は、殺人事件を扱った小説より余程、面白い。しかしテーブルの上にあるのは、百円ショップで買ったコップで、下に敷いたコースターも、百円ショップでの購入品というのが寂しい現実だ。前に雑誌で見たOLは、そういう安物に自分で可愛いペイントをして、『節約オシャレ』云々《うんぬん》というコピーをつけられていたはずだ。

生憎《あいにく》、清美に絵心はない。たとえ、可愛い絵が描けても、同じことをやっては面白くない。いや、別に、本気で雑誌に掲載されたいわけではないが。

(キャバクラとかでバイトしちゃう女の子の気持ち、わかるなあ)

「あーあ」

急にうんざりしてきて、彼女はクッションを投げて立ち上がった。そしてトイレに行きかけて、ぎくっと四肢を竦ませた。

――床がほのかに温かい。

前回とは異なった場所だった。

ぬかるみから引き抜くごとく片足を上げて身を引いて、彼女はそこを見下ろした。またも、目に映る異常は何もない。清美は数度、瞬きすると、顔を背けてトイレに向かった。

白々とした蛍光灯の下、清美の影が床を滑った。

その途端、またも、むっとするような異臭が鼻を突いてきた。

5

その夜は、寝苦しかった。

昼間吹いていた風が止《や》むと、気温は急激に上がり始めた。夜になるほど暑くなり、閉め切った部屋は、梅雨時《つゆどき》のようにむしむしと息苦しくなるほどだった。

無香タイプのはずなのに、撒《ま》き散らした消臭スプレーは安っぽい臭いを部屋中にうっすらと充満させている。

こんな夜は、窓を開けて眠りたい。しかし、二階程度のベランダでは犯罪者を避けきれないことはわかっていたし、この時期ではまた突然に、冷え込む可能性もある。

彼女は色々な危惧《きぐ》を想像し、布団を下げて暑さを堪《こら》えた。

いや、暑さというより、問題は湿気だ。隙間風が入るのではと、ゆき子には言われた部屋なのに、こうなると、部屋はコンクリートの箱そのものといった感じだ。清美はそのイメージに、圧迫感を覚えて呻《うめ》いた。

寝つきは決して悪くない。額に汗を掻《か》きつつも、うつらうつらとしたのだろう。朦朧《もうろう》とした頭の中で、彼女は夢とも現《うつつ》ともつかない足音を耳にした。

何かに苛立っているらしい、乱暴な歩き方だった。ひと足、ひと足、踵《かかと》を打ちつけるようにして、わざと音を響かせている。

(どこの部屋……隣の部屋かな)

目を閉じたまま、清美は考えた。

隣の部屋の住人とは廊下ですれ違ったとき、頭を下げる程度のつきあいだ。右隣はほとんど留守の若いＯＬ。左は夫婦か、恋人同士か。男女ふたりが暮らしてることだけは確認している。

（この足音は男よね。機嫌悪そう。酔っぱらい？）

親からくどくど言われていたので、越してきた当時、彼女は隣室にタオルを持って挨拶に行った。真っ昼間に行ったのに、左の部屋から出てきたのは、赤い目をした二十歳過ぎの男性だった。

だらしのないジャージ姿に無精髭《ぶしょうひげ》を生やした姿は、どう見てもまともに働いている人間とは思えない。多分、昼寝でもしていたのだろう、こちらを不審者扱いするような細くて不機嫌な眼差しは、本能的な警戒を抱かせるのに充分だった。

吐く息が、微かに酒臭い。

清美は挨拶もそこそこに、玄関から立ち去った。

隣と親しくしておくと、何かあったときに心強い——そう諭《さと》されたから行ったのに、隣人があれでは心強いどころか不安なだけだ。彼自体がトラブルの原因になってもおかしくない。現にときどき、相手の女を怒鳴りつける声が漏れてくる。

（やだなあ。早く静かになって）

清美は寝返りを打って、暑いのを我慢して布団を被《かぶ》った。外の音が塞《ふさ》がれたので、彼女はまたも眠りに入る。途端、さっきより明確に、踵を踏み鳴らす音が響いた。

足許——左のほうからだ。

やはり、隣の男のものか。

朧な意識で思っていると、音は一層、明確になる。清美は吐く息と共に呻き、突然、四肢を硬くした。

音が大きくなったのではない。音が近づいてきているのだ。

気づくと同時に、足許に汚れた男の足が映った。

爪の間に垢が溜まっているような、不潔な、筋張った、青黒い足。それがゆっくり踵を上げて、強く床を踏み鳴らす。

「ひっ」

清美はがばりと体を起こした。

見開いた目に、足は映らない。彼女は喘《あえ》ぐように息を吸い込んで、小刻みに視線を動かした。

豆電球に照らされた室内は、余所余所《よそよそ》しいまでに静まっている。考えてみれば、布団を被った状態で、床が見えるわけはない。不快な隣人の足音が、夢となったに違いない。

しかし、起き上がった清美の耳には、なんの物音も聞こえなかった。

いつ、足音が静まったのか。いつからが夢だったのか。

いずれにせよ、心臓の鼓動は、体が震えるほど速くなっている。

(大丈夫よ。夢。夢だから)

彼女は自分に言い聞かせ、懸命に息を整え直した。

足音はさっきまで、確かに隣の部屋から聞こえていた。それが悪い夢となったのは、部屋が暑苦しいからだ。

悪夢の理由を捻り出し、彼女は水でも飲もうかとベッドから半分、足を下ろした。その瞬間、夢の恐怖が悪い想像を連れてきた。

(足の見えたところの床が、温かかったらどうしよう)

——馬鹿な。

清美は無理矢理笑《え》んで、それでも、恐怖に打ち勝てず、そっとベッドに寝直した。怯《おび》えてキッチンまで行くよりは、眠ってしまうほうがいい。

蒸すのを承知で布団を被り、彼女は硬く目を閉じた。幸いなことに、意識はすぐに再び朦朧となってくる。落ち着きを取り戻した四肢が、シーツの上で緩やかに伸びた。それに連れて、布の触れ合う微かな気配が、囁くように耳に届いた。

（カーテン）

混濁していく意識の中で、清美はその音の正体を測った。

（カーテンが揺れている……風で……やっぱり、隙間風があるんだわ）

6

「や、沖村さん」

講義を終えて廊下に出ると、後ろから新里が肩を叩《たた》いてきた。

（とうとう摑まったか）

清美は心で舌打ちをして、愛想良く振り向いた。

「風邪引いた？　ちょっと、顔色悪いよ。先週はサークルにも来なかっただろ」

新里の身長はかなり高い。見下ろすように話しかけられ、清美は首を上に傾《かし》げた。

「ちょっと、抜けられない用事があって」

たかが同好会を一回欠席しただけで、病気扱いとは大袈裟《おおげさ》だ。軟弱テニス部のほうは、今のところ欠かさず出席している。ミステリー同好会を休んだのは、新里に会いたくなかったからにほかならない。

（顔色悪いなんて、失礼ね）

化粧はいつも、きちんとしている。清美は無意識に頬に触った。

しかし、こうやって会ってみると、彼はやはり格好良かった。少なくとも、高い背丈と大きな手は、清美の好みの範疇《はんちゅう》だ。一週間ほど間を置いていたせいで、印象は余計、新鮮だった。

新里は人懐こい笑顔を見せて、廊下を歩きながら、彼女に尋ねた。

「本、読んだ？」

案の定の質問だ。

「んー、まだ全部、読んでない」

清美はなるべく、可愛らしく聞こえる口調を作って答えた。

「遅いじゃん。面白くなかった？」

「だって。ミステリーはともかく、一冊、変なのがあるんだもん。あれ、ホラーじゃないの？『たたり』ってやつ」

半ば言い訳で並べた台詞《せりふ》に、新里は「ああ」と首肯《しゅこう》して、からかうような顔つきになった。

「ホラー、苦手なんだ」

「読むのは大概、夜だもの。怖くて眠れなくなったら困るでしょ」

「怖くなったら、俺に電話をしろよ」

(——あれ)

清美は目をしばたたいた。

(彼ったら、私に気があるのかな)

決して悪い気分ではない。だが、電話をしようにも、彼女はまだ、電話番号を教えてもらってもいない。

(ここで訊けってこと？　それとも、もう、教えたつもりになってるのかな)

めまぐるしく考えている隙に、新里は本の話を続ける。

「まあ、古典だし。読んでおいて損はないと思うぜ」

「怖くない？」

「心霊現象にリアリティを持つか持たないかの差だろ」

「新里くんは信じているの」

話の流れで、清美は訊いた。新里は少し間をあけて、唇の片端を吊《つ》り上げた。

「……信じているよ」

清美はまた、激しく瞬きをした。

返す言葉が見つからなかった。予想外の返答だったといっていい。新里は彼女の反応をにやにや笑って見ているだけだ。

（私、からかわれているの？）

信じているとはどういうことか。抽象概念として、そういうものがあってもいいと許容しているということか。それとも、新里は自分には霊感があると言っているのか。

戸惑う気持ちを置いてきぼりに、彼は再び蘊蓄《うんちく》交じりのブックレビューを展開し始めた。

清美は聞いていなかった。なんだか突然、頭が重くなってきた。

もやもやとした気持ちでいると、雑音混じりの予鈴が響いた。

「また、あとでね」

新里が快活に手を振って、去っていく。清美は手を振り返し、落ち着かない心持ちのまま、次の講義室に向かっていった。

彼への評価は揺らぎっぱなしだ。

会えば、ときめくものがあるのに、話すと必ず齟齬《そご》が生じる。その度毎《たびごと》に清美の心は、寄り添ったり離れたりと、振り子運動を繰り返す。

講義室の長椅子に腰掛けて、彼女はけだるくノートを開いた。

（心霊現象、か）

どうにも胡散臭《うさんくさ》い単語だ。その胡散臭い言葉を衒《てら》いなく使い、単純に肯定するというのは、いかなる神経なのだろう。彼は友達とそういうことを普段から話しているのだろうか。それとも、なんらかの信念を持って「信じる」と言ったのか。

単純に幽霊話や怪談話が好きだという程度なら、別に驚くには当たらない。たとえ、彼が幽霊を見たと言っても、驚かない。清美の周囲でも、そんな話が一度もなかったわけではない。

亡くなった祖母は若い頃、狐火《きつねび》を見たと語っていたし、お盆のときに、故人に会ったといった話も、親戚の叔父から聞かされていた。しかしそれらは童話のようにたわいなく、朧げに懐かしい話ばかりだ。『心霊現象』なる単語から漂ってくる雰囲気と、それは大きく隔たっていた。

彼女はボールペンを取り、四つの文字をノートに記した。そうして、しばし眺めると、眉を寄せて頷いた。

(この言葉自体が変なのよ)

『心霊』という語は、幽霊やら妖怪やら、目に見えない神秘的な事柄を示す単語だろう。なのに、続く『現象』は、目に見える事実を指している。

曖昧《あいまい》なものを確定的に語ろうとするから、胡散臭い。だから、そんな単語を使った新里までもが胡乱《うろん》に思える。

清美はまた、男から心が離れていくのを感じた。

きっと彼は気の利いたつもりで、あんな言い方をしたのだろう。信じていると言ったのも、感じたとおり、こちらをからかっただけかもしれない。

(まあ、お化けだの幽霊だの言うよりは、頭良さげに聞こえるけどね)

清美は記した文字を見つめて、上に細かく斜線を引いた。

ボールペンで書いてしまったのが失敗だった。適当に黒く塗った合間から『霊』の文字が覗いている。急にそれが薄気味悪いものに思えて、清美は強くペンを使った。簡単に破り捨てられないのは、紙の裏に、前回の講義が記されているからだ。

『霊』だけを真っ黒にすると、それはそれで悪目立ちする。彼女はほかの文字も潰した。気づくと、清美は紙がべこべこになるほどに、懸命に文字を塗り潰していた。

(気持ち悪い)

彼女は唇をきつく結んだ。

文字があっても、なくても同じだ。

『心霊現象』は見えても見えなくても、確実にそこに存在している。

黒い闇の中にある……。

音を立て、彼女はノートを破いた。

講義が記してあることなど忘れていた。清美は手荒く紙を摑むと、中の何かを押し潰しでもするように、力を込めて強く捻った。

7

放課後、清美は新里に摑まる前に大学を出た。

今日はテニス部の部活だったが、彼女はそこにも顔を出さずに、真っ直ぐ都心に向かっていった。

あれからずっと気分が悪い。黒く嫌らしい何かが、心の中にべたりと貼りついているようだ。それは、あのアパートに漂う異臭にも似た臭いを持ち、床に感じた生温かさと同等の熱を持つようだった。

(こんな気持ちを抱えたまま、あのアパートには帰りたくない)

そんなふうに思うのは、結局のところ、独り暮らしが心細いからにほかならない。

清美は自分を分析した。

暗い部屋に戻って、自分で電気を点けるのは、ときどき無性に寂しく感じる。そのとき例の異臭がすれば、寂しさは憂鬱に変化する。

足音始め、些細なことに必要以上に過敏になるのも、理由は同じところにあった。

慣れない環境への緊張、孤独、それから認めたくはないが、かなりのホームシックがあった。

自分から、親には電話を掛けたくない。母は最初から最後まで、家を出るのを反対していた。

「お前みたいな甘ったれが、自活できるわけないでしょう」

母はそう言い続けていた。

すぐに寂しくなるんだから、と。

そんなところに電話をすれば、きっと勝ち誇った声を出し、母は自分をくさすだろう。

そのときの声色《こわいろ》や表情が完璧に想像できる分、清美は口惜《くちお》しかった。

(確かに、今は寂しいけどね。もう少ししたら慣れるもの)

彼女は心に沈殿している陰気さを振り払って、電車を降りた。

新宿駅に降りた途端、喧噪は否応もなく清美の全身を包んでくる。プラットホームの騒音は元より、聞き取れないざわめきや、足音が空間を満たしていた。人声は絶えることもなく駅の外まで広がって、様々な音と光の狭間《はざま》を飛び交い、振動し続けていた。

郊外とは、空気の密度が違う。決して、いい空気とはいえなかったが、清美は敢《あ》えて胸一杯に、その空気を吸い込んだ。そうすることで、繁華街の陽気さを、彼女は自分に取り込みたかった。

願いの効果か、深呼吸をしたせいか、僅《わず》かに気持ちが軽くなる。清美は人混みを縫うようにして、真っ直ぐ前を見つめて歩いた。

見ない。

見えない。

見る気がない。

こんな雑踏だからこそ、他人を気にしてはいられない。修学旅行で来たときは、すれ違う人の服や態度を一々目に入れていたから、気分が悪くなったのだ。

彼女はまず、本屋を目指した。

メインストリートに面した大型書店も、かなりの人で混雑していた。清美はそこでインテリア雑誌を立ち読みし、しばししてCDショップに向かった。好きなアーティストの新譜が出ている。迷わずレジに並びかけ、彼女は財布を覗いて諦《あきら》めた。

教授がハードカバーの自著をテキストに指定したせいで、つまらない金が出てしまった。後で聞けば、そのテキストは、先輩から廉価で譲り受けることが適《かな》ったとか。

清美は胸中で罵《ののし》って、歌舞伎町に向かっていった。そこでガイドブックに載っていたラーメン屋に並んで入り、そののち、閉店間際までファッションビルの中をぶらぶらし、やはりガイドブックに載っていた老舗《しにせ》の喫茶店でコーヒーを飲む。

壁に掛かった時計を見ると、時刻は九時半を回ったところだ。これを夜遊びとはいえないが、親も近所の目も気にすることなく歩けるのは快感だった。

（もう一度、歌舞伎町まで行けば、朝まで人は出ているし、バーに入っても明け方まではいられるのよね）

色々想像は募ったが、生憎、深夜の繁華街をひとりで歩く度胸はなかった。未成年の自分がバーに入るのも、かなりの根性が必要だ。

（そういう場所は、彼と来たいな）

いいや、彼氏と行くならば、自由が丘近辺のイタリアンレストランがいい。そこでディナーを楽しんだ後、ホテルの展望ラウンジで、軽いカクテルを傾けるのだ。

思うと頭の片隅に、新里の顔がちらりと浮かんだ。清美は苦い顔をして、その映像を打ち消した。

破って丸めたノートの文字が、新里の顔に被ってくる。

（なぁにが、心霊現象よ）

彼女はコーヒーを飲み干すと、やや慌ただしく駅に向かっていった。

自分の時間は自由だが、電車の時刻は決まっている。まだ余裕はあるものの、遠い上に私鉄の乗り継ぎが悪いので、これでもアパートに帰るのは十一時頃になるだろう。

（家に帰って、お風呂に入って……。明日、一限目から講義がなければ、もう少しのんびりできるのに）

残念には思ったものの、ストレス解消という当初の目的は充分、果たせた。やはり、賑やかなところに出ると気分が変わる。大学やアパートがなんとなく鬱陶しいのは、周囲の様子があまりにも郷里と大差ないからだ。だから、逆に寂しくなって、ホームシックに罹《かか》るのだ。

（やっぱり明日、ＣＤ買おう。それを部屋でガンガン流せば、きっと気分も良くなるわ）

都心を離れる電車の中は、帰宅する人で一杯だ。清美はドア近くに立って、車窓を流れるネオンを見つめた。

今、歩いていた街並みが、加速をつけて遠ざかる。それを瞳に映じつつ、彼女は再び、頭の中で自室の改良計画に取りかかった。

（あの雑誌で見た部屋、素敵だったな。そうよね。壁際に観葉植物を並べるのも悪くない。

でも、枯らさずに育てる自信ないなあ）

外を眺めてはいるものの、景色は意識の外だった。

（グリーンを置くなら、カーテンはもっと派手な色にすればよかった。テーブルセンター、敷きたいかも。ヨーロッパ調のじゃ合わないかな。そこにガラスの一輪挿しとか……）

頭の中での部屋は明るく、多分、現実より少し広い。清美はそこをゲームのように、様々な想像で埋めていった。

——が。

電車を降りて、アパートが視界に入った途端、彼女の想像はすべて潰《つい》えた。

味気ないアスファルト道路の脇に、白い長方形が横たわっている。その前面、地面から立ち上がってへばりつく階段の淡い水色が、一瞬、皮膚から浮かび上がった静脈の色を連想させた。

側面に黒く浮かぶのは、芽吹きの遅い木の影だ。多分、アパートが建ったときに植えられたものだろう、貧弱な枝は頼りない街灯の光に照らされて、壁にひび割れのような、ねじくれた闇を描いていた。

（怖い）

とっさに清美は思った。

ここから、部屋の明かりは見えない。目に映るのは無機質なドアと、夜の作り出す陰影ばかりだ。彼女は自分の部屋を見上げた。ほかの部屋と何も変わりはない。だが、清美はなぜか扉の中に、己の住んでいる気配を凌《しの》ぐ——闇だけが詰まっていると思った。

無意識に、首が微かに振られる。

彼女は慎重に息を吐き、引きずられるような足取りで、静かに階段を上がっていった。鞄から鍵をひっぱり出すと、キイホルダーの触れ合う音が眉を顰めるほど大きく聞こえた。清美は今更、新宿に出掛けたことを後悔した。喧噪に身を浸したからこそ、静けさがのしかかってくる。夜でも明るいところから、暗い場所に戻ったからこそ、闇は深く思えてくる。

街灯のある外はまだ、いい。中はもっと暗いだろう。彼女は鍵を開けると、慎重にキイホルダーを鞄に戻し、それからひったくるごとく、一気にドアを引き開けた。

廊下の電気が室内を照らすことを期待したのだが、生憎、明かりは玄関先の乱れた靴しか映さなかった。清美は怒った顔をして、靴を脱ぎ捨て、乱暴に部屋中の電気のスイッチを入れた。

白々とした蛍光灯に、見慣れた部屋が浮かび上がった。

大きな息が零れ出る。

清美は口を開けたまま、自分の臆病に失笑した。それから肩を竦めると、開けっ放しにしてあった扉を閉めようと踵を返した。

途中、彼女の足取りがガクンと横に大きくブレた。そののち、のろのろと鍵を締め、清美は口角を惨《みじ》めに下げて、爪先立ちで床を歩いた。

リビングに敷いた、絨毯《じゅうたん》の端が生温かかった。

また、前回とは場所が異なっている。

相変わらず、見た目は何も変わらない。その一点を凝視して、清美は回り込むようにテーブルの前に腰を下ろした。

視線がそこから離れなかった。目を離したら、床から何かが出てくるような恐怖があった。彼女は唇を引き締めたまま、無意識に十まで数を数えて、体から少し力を抜くと、そっと足を投げ出した。

テーブル下に伸びた爪先に、そのとき、硬い何かが当たった。刺されたごとく飛び上がり、清美はローテーブルにしたたか膝頭をぶつけた。

鈍い音を立てて、テーブルが鳴る。清美は痛みに構わずに、足先に触れた物を探した。

お茶の入った、ペットボトルが落ちていた。

昨日の晩から、テーブル上に出しっぱなしにしてあったものだ。彼女はそれを確認し、安堵《あんど》しかけて、また固まった。

（ペットボトルが、勝手に落ちるはずがない）

テーブルのほぼ中央に、ボトルは置いてあったはずである。中身は半分以上、残っている。大きな地震でもない限り、倒れて転がるのは不自然だ。

這《は》うようにして立ち上がり、清美は壁際に身を寄せた。

人肌の温もり。

夢現の足。

連想がひとつの仮定を導く。

（誰かが、入ってきてるんじゃ……）

思うと同時に、空間が小刻みな音を立てて揺らいだ。掠《かす》れた笛のような声を上げ、清美は壁に張りついた。

地鳴りに似た響きに合わせて、体と視界がぐらぐら揺れる。

――地震だ。

とっさに逃げようとして、彼女はぎくしゃくと動きを止めた。ハンガーに吊るした服も蛍光灯も、見れば、微動だにしていない。聞こえるのは、小さな足で板を踏み鳴らしているような、立て続けの振動音だけだ。

清美はひきつった顔のまま、辺りを見渡し、天井を見た。

一瞬、音がぴたりと止んだ。それから再び、はしゃいだように勢いを増す。

「鼠」

口から、言葉が零れた。

泣き笑いに似た顔を作って、彼女は力なく、壁に凭《もた》れた。

地震と勘違いしたのは、音と振動が錯覚を引き起こしたためだ。清美の田舎は、滅多に地震の起きない地方だ。しかし、鼠はときどき出る。昔は大運動会などといい、夜になると、天井といわず梁《はり》といわず、鼠が駆け回る家もあったとか。最近の家の造りでは、そこまで鼠に傍若無人《ぼうじゃくぶじん》を許すことはない。しかし、清美も幼い頃、そんな場面に何度か出くわしたものだった。

そんな周知の存在と、さして経験のない地震とを、どうして混同してしまったのか。

音はまだ続いている。

清美は耳をそばだてて、音が昔の記憶とは異なっているのに気がついた。

鼠より軽く、だがしかし、鼠よりもっと大きな、何かが駆け回っているような……。

彼女は頬に力を入れて、洗面所のほうに走った。そして、立てかけてあったモップを取ると、柄《え》で天井を激しく突いた。

攻撃的な音に、足音が固まったごとく鳴りを潜《ひそ》める。口中で小さく罵りながら、なおも天井をモップでつつくと、今度は軽石を撒くような音を立て、足音は四方に拡散し、あっという間に消え去った。

「ちくしょう」

清美は憎悪を込めて、見えない天井裏を罵倒《ばとう》した。

音の違いは、建材の違いだ。モップの音ひとつで逃げていく、小さな灰色の獣なんかに、脅かされるとは情けない。

彼女は小さな足音が戻ってこないことを確認すると、モップの柄から指を離した。勇ましさを装ってみたものの、指の震えは隠せなかった。

清美は両手を握り込み、その場に崩れるように座った。

転がったままのペットボトルが、視界に入る。

(これもきっと、鼠がやったのね)

床の温もりも鼠のものだ。だとすると、部屋に鼠が侵入していることになる。立ち籠める異臭も、動物の糞《ふん》や体臭に違いない。

不審な現象の謎は解けたが、憂鬱は治まらなかった。

鼠退治などしたことはない。虫ならばまだ殺虫剤で殺せるが、鼠は仮にも動物だ。それを殺す感触は犬や猫、大袈裟にいえば、人間を殺すのと大差ないだろう。

「ああ。もう！」

清美は両手で頭を抱えた。

彼らを寄せつけないようにするには、どうするのが効果的なのか。なぜ、東京のアパートで「鼠の大運動会」なのか。

なんだか、泣きたくなってくる。

蹲《うずくま》るように座り込み、清美は歪んだ口を覆った。

バイト先で、ゆき子に言われたことが、幼い頃の記憶と共に、脳裏の中にひらりと浮かんだ。

貯水タンクに沈んだ鼠の死骸。駆け回る足音。

(ああ、そうだ)

唐突に、彼女は思い起こした。

幼い頃、鼠取りの罠《わな》に掛かった鼠を、父が檻《おり》ごと用水路に沈めて殺すのを見たことがあった。納屋で繁殖していた鼠が、台所まで上がり込んでくるようになり、父が退治に乗り出したのだ。

放り込むように檻を沈めると、やや濁った川の面《おもて》に、いくつもの大きな気泡が浮かんだ。父はそれが完全に止まるのを見届けてから、ゆっくりと罠を引き上げた。

鼠は既に死んでいた。

開いた口から、妙に赤い、小さな舌が突き出していた。濡れた黒い毛皮の隙から、丸い目玉がガラスのように輝いて、清美を睨みつけている。

彼女は大きな悲鳴を上げた。

「だから、見るなと言っただろう！」

父の声がそこに被さる。

清美は聞きもせず、喚《わめ》き、ひきつけを起こさんばかりに泣いた……。

(だから、私、想像できたんだ)

タンクに沈んだ鼠の様を。

掌に冷や汗が滲んできた。喉《のど》がつかえる。吐き気を感じた。

彼女は胸に手を当てて、青ざめた顔で宙を見据えた。

今、異臭はない。音もない。

その視界の脇を、一匹の黒い小蝿が過ぎっていった。

大きな目を一層、大きくしてから、ゆき子は数度、瞬いた。

8

「鼠？」

「そうなの。中川さんの言ったこと、半分は当たってたってわけ」

更衣室で服を脱ぎながら、清美は寝不足の顔を歪めた。あれから気が昂《たか》ぶって、全然眠れなかったのだ。彼女は壁に張られた鏡に、目の下にできた隈《くま》を映した。

「今時、あんなふうに天井裏を走り回るなんて信じられない」

指で高頬《たかほほ》を叩きつつ、清美は口を尖《とが》らせる。と、

「ああ、いるんじゃない？」

ゆき子は髪をゴムで括《くく》って、むしろ気軽な声を聞かせた。

「東京なのに？」

鏡越しに、清美は彼女を見やった。

「東京だからよ」

ゆき子は笑う。

「渋谷や新宿なんかは多分、田舎より沢山いるはずよ。食べ物がいくらでもあるからね。大きさも子猫ぐらいある。明け方にゴールデン街とか歩いていると、路地から走り出てくるわ。すっごく不貞不貞《ふてぶて》しい感じでね。うわ、食われそうって思うもん」

「参った。どうしたらいいと思う？　部屋の中まで入ってきてる感じなんだけど」

「マジ？」

　ゆき子の目がまた、大きくなった。

　気のせいかもしれないが、その眼差しに軽い侮蔑《ぶべつ》が含まれているように思われて、清美は心の中で焦った。

（別に、そんなボロアパートにいるわけじゃない。家賃だって、そこそこなのよ）

　言われてもいないことへの反論を思わず用意していると、ゆき子は眼差しを笑みで隠して、人差し指を振り立てた。

「じゃあ、薬使うしかないんじゃない？　なんだっけ、あれ。イワミギンザン……？」

「だめよ。部屋の中で死なれたら、困るもの。寄せつけないようにしたいのよ」

「だったら、まずは侵入路を見つけ出さないと。部屋への入り口と、天井裏に入る穴」

「二階の屋根とか、どうやって見るの」

「これはもう、大家さんに相談するしかないわよね」

ゆき子は並んで鏡を見、後れ毛を軽く撫でつけた。

まがりなりにも、女優を名乗っているだけはある。並ぶとやはり、彼女のほうが清美より数段、輝いていた。特に白い肌の肌理細《きめ》かさは、比べものにならないほどだ。

(私だって……。今日は特に疲れているから)

鼠の出るアパートも、自分の顔もぼろぼろか。

清美は少し惨めになって、鏡の前を退いた。そんな彼女の気持ちも知らず、後ろ姿を見せたまま、ゆき子は張りのある声で続けた。

「ひとりで行かないで、隣にいる人とかにも声掛けて、共同で言いにいったほうがいいわよ。個人の苦情だと面倒臭がって、対処してくれない人もいるから」

「詳しいのね」

「独り暮らし、長いから」

ゆき子はふふっと含み笑って、更衣室から出ていった。時計を見、清美も後を追いかける。前を歩くゆき子の背中は、いつでもピンと真っ直ぐだ。清美はそれを眺めつつ、最前までの感情を引っ込め、彼女に年上の頼もしさを感じた。

独り暮らしの先輩の、アドバイスは心強い。

だが、ゆき子の助言を実行するのは難しくもあり、億劫《おっくう》でもあった。ほとんど部屋にいないOLは、鼠の存在にも気づいてない可能性がある。とはいえ、目つきの悪い隣の男に声を掛けるのは気が重い。

(もう暫く様子を見て。ダメだったら、ひとりで大家に言うか)

一面識もない人間にクレームをつけるのもまた、鬱陶しい。

——独り暮らしは、面倒臭い。

部屋を専有するということは、そこを好き勝手にできる反面、場所で起こるトラブルも皆、自分で対処するということだ。なのに自分は楽しいことしか、事前に想像してこなかった。

(だって、そっちが普通でしょ)

清美は自分に反論した。異臭が立ち籠め、鼠が駆け回るアパートが、普通というわけではあるまい。

(つまり、私はハズレを摑んでしまったの?)

思うと、悲しくなってくる。

清美はまとわりついてくる憂鬱を払い除けながら、今は、敢えて、元気を出して、強いドラッグストアの明かりの下で、精一杯の笑顔を見せた。

笑う門には福来たる。

9

災いへの処方箋というわけでもなかろうが、その晩以降、鼠はやってこなかった。もちろん、毎晩走るという決まりはないので、まだ油断はできない。が、日が経つほどに肩の力が抜けるのは禁じ得なかった。

久々、清美は部屋の中でくつろいだ。最近は変な臭いもしない。隣の男も、夜中に騒ぐことはない。彼女はやっと、親元を離れた独り暮らしの自由と気儘《きまま》さを満喫した。

大学生活も順調だ。

新歓コンパとゴールデンウィークが一段落つき、大学はすっかり落ち着いた。軟派テニス部のほうは、軟派なりに快調だった。つきあい自体は総じて薄いものであったが、高校での経験が幸いし、清美はまともにプレイを楽しむ数少ない部員の仲間に入った。生憎、女子が中心だったので、ロマンティックなことはなかった。しかし、彼女は体を動かすことに、しごく単純な喜びを覚えた。

ミステリー同好会のほうは、完全にリタイアしてしまった。こちらは元々、新里が気になって入ったサークルだ。小説自体に興味はない。彼女は数度、同好会に顔を出し、皆の読書量と作品への口煩さに閉口してのち、会に顔を出すのを止めた。

(あの雰囲気、新里くんと被ってるよな)

清美的には、そここそが彼の一番の欠点なのだ。ゆえに、似たような雰囲気を持つ人達と、つきあいを深めるつもりはなかった。

反面、新里芳樹そのものとの交友は続いていた。これ以上、逃げ回るのも気が引けて、彼女はある日、本を読むのは苦手だと、素直に彼に告白したのだ。新里は少し驚きはしたものの、苦笑いをして許してくれた。

「無理に読むこと、なかったのに」

——自分とつきあいたいからって。

言葉の裏には、自負が隠れている気もしたが、以来、新里は小難しい本の話題は振らなくなった。

距離が遠のくことはない。読書という責務から解放されて、清美はむしろ伸び伸びと彼に接することが適ったし、新里もまた、たわいない話をするようになっていった。

親しさはまだ、一緒にお昼を食べる程度のものであったが、少なくとも清美にとって、彼は今、学内で一番親しい存在だった。

試用期間が過ぎ、バイト代も少しだけだがアップした。それでつい、気が大きくなって、彼女は前から欲しかった玄関マットを購入した。

ウォーターヒヤシンスで編まれたマットは、夏を先取りした涼味を備え、部屋に帰るたびに自分のセンスを褒《ほ》めたくなる代物だ。歯ブラシ立ても、針金でできたシックなものが見つかった。

日常的な幸せとは、たわいない事柄の積み重ねから成っている。

清美はそれを実感した。

だから——。

バイトから戻った晩、部屋の電気が切れていることを知ったとき、彼女は強い不安を抱いた。

紐《ひも》を引いても、蛍光灯はまったく反応しなかった。

買い換えることもせず、入居したときのまま、ずるずると使っていた電灯だ。寿命が短いことは予想がつく。しかし、

「え、嘘。ふたつとも点かないの?」

大小が重なった蛍光灯は、双方とも反応しなかった。豆電球すら点《とも》らない。

配線自体が、おかしくなったのか。

清美はキッチンと、洗面台の明かりを点けた。こちらはまともだ。その薄明かりの中、彼女は白いプラスチックの笠を支えたコードを、それから、コードを支える天井を見た。

喉が、僅かに上下した。

コードから十センチほど離れた天井に、黒い塊が蠢いていた。無機的なただの染みではない。それは目を凝らすほど、微妙に歪んで形を変えて、砂粒ほどの黒点を拡散収縮させていた。

反射的に後ずさり、清美はキッチンのシンクに縋《すが》った。耳許を何かが唸《うな》って過ぎる。音に再び戦《おのの》いて、彼女はキッチンの明かりを見やった。

無意識に、口がぽかんと開いた。その口を、慌てて彼女は押さえた。

細長い蛍光灯が、まだらな黒い染みに覆われていた。また、耳許で羽唸りがする。天井に集《たか》っていた黒い染みが——塊になるほどの小蝿の群れが——人工の光を求めて集り、光を覆い尽くそうとしている。

彼女は洗面台に視線を向けた。そこの明かりもまた徐々に、黒い点に蝕《むしば》まれていく。

辺りの明度が、すうっと落ちた。

清美はつんのめるように部屋から出ると、駆け出した。

新しい蛍光灯。殺虫剤。コンビニは開いているはずだ。そこですべてが揃うだろうか。

（だけど、なぜ）

あんな虫が湧いたのか。

走りながら、疑問と共に、彼女は段取りを整えた。

夜、電気を取り替えるには、懐中電灯も必要だ。だが、その明かりを慕ってまた、小蝿は寄ってくるだろう。明かりを点ける前に、しっかりと殺虫剤を撒くべきだ。しかし、そうなると床に死骸が散らばる。窓を開けて薬を撒けば、半分は逃げてくれるだろうか。

（だけど、なぜ？）

何かに追われているごとく、駅前のコンビニに駆け込むと、清美は肩で息をした。雑誌を立ち読みしていた男が、不審げな視線を投げてくる。彼女はひきつった音を立てている呼吸を意識で宥《なだ》めると、片手で髪を掻き上げた。

額が、汗で濡れていた。そこに貼りついた髪が数本、どうしてもうまく剝《は》がれない。指先が震えているのがわかる。清美は奥歯を嚙み締《し》めて、二の腕で額を強く擦った。そして、目当てのものを探した。

懐中電灯、殺虫剤は見つかったが、蛍光灯はワット数がわからない。清美は全種類を手に取った。無駄金とはわかっていたが、迷うゆとりなどはない。彼女は会計を済ませると、覚束《おぼつか》ない足取りでアパートへの道を戻っていった。

道が暗さを増すほどに、強い恐怖が押し寄せてくる。

虫は昔から嫌いなほうだ。とはいえ、たかが小蝿にどうして、自分はこんなに怯えているのか。彼女にはよくわからなかった。ただ、予感めいたものはある。

部屋にいるのは、小蝿だけではない。虫が集まる原因が、あの部屋に、あの『203号室』には存在するのだ。

音を立てないようにしてアパートの階段を上り終えると、清美は片手に懐中電灯、片手に殺虫剤を構えた。掌が冷や汗を掻いている。

できれば、このまま逃げ出したい。

それができないのは、ドアの内部が、独り暮らしの夢の詰まった、マイホームであるからだ。

清美はドアを引き開けて、バイオレンス映画の刑事よろしく、銃の代わりに殺虫剤を構えた。指が痛くなるほどノズルを絞りつつ、あたふたとスリッパを引っかけて、彼女は部屋に飛び込んだ。ベッドに飛び上がって窓を開け、己の撒いた薬に咳き込む。

駆け抜けた空間を振り向くと、闇を湛《たた》えた室内の先、窓からの一直線上に開け放ったままの扉が見えた。

隧道《ずいどう》の出口にも似た薄光に照らされて、脱ぎ散らかした靴の片方が、お気に入りの玄関マットの上で、平たい靴底を見せている。

(靴の泥で、汚れたかしら)

彼女は一瞬、そんなことを心配し、手にした懐中電灯を見た。

構えただけで、点けるのをすっかり失念していた。清美はそのスイッチを入れ、円い明かりを部屋に流した。

まずは天井。蛍光灯の笠に隠れて、虫の塊はここから見えない。だが、暗がりを貫く光線の中を、小さな素早い影がいくつか横切っていくのは確認された。

ライトをゆっくり、床に向ける。消えたままの電灯の真下は、ちょうどカーペットになる。小蠅の姿は映らなかったが、長い毛足に潜り込んだ死骸があるのは予想ができた。

白い光線を掠め飛ぶ、黒点が徐々に増えてきた。小蠅の奴が、懐中電灯のライトに反応しているのだ。

清美は再び殺虫剤を噴霧して、スリッパに足を押し込んだ。そして、そうっと電灯の下まで、爪先立ちで進んでいく。

小蠅が口に飛び込まないよう、目の中に入ってこないよう、彼女は目を細め、口を結んで、ライトを天井に差し向けた。

「そうじゃないかと思ったのよ……」

清美の口から吐息が漏れた。

天井に、染みができていた。

薬と明かりに攪乱《かくらん》されて、小蝿は今は散り散りだ。それでも執拗《しつよう》に蠢き回るいくつかの黒い点の下、赤黒い染みが広がっていた。

まだらに濃淡のあるそれは、天井裏から滲み出たとしか思えない。

染みはスポットライトを浴びながら、清美にひとつの想像を、確信に近い形で抱かせた。

(あれは……血だ)

部屋に異臭が漂った。

同時に激しい音を立て、開け放っていたドアが閉まった。

室内が一気に暗くなる。

縋りつくようにライトを握り、清美はその場で硬直した。

小蝿がぶん、と耳許を過ぎった。

炎天下の犬に似た、激しい己の喘ぎも聞こえた。

10

「階段、狭いな」

「ごめんなさい」

手摺《てす》りに数度、脚立《きゃたつ》の足がぶつかった。清美はその音がするたびに振り返り、新里に愛想笑いを見せた。

——「天井裏を見て欲しい」

新里に頼み込んだのは、お昼休みのときだった。

「顔色が悪い」と指摘されたのがきっかけで、彼女は昨晩のことを話した。小蝿のことも、鼠が走り回ったような音についても、清美は語った。

「蛍光灯が消えたのも、鼠が囓《かじ》ったせいかもしれないって思ってね。……ううん、電気は取り替えたら、ちゃんと点いたわ。でも、虫の死骸がそこら中に落ちていて、もう寝るどころじゃなかったの。カーペットも、ベッドの上も気持ち悪いし。掃除をするっていったって、朝まで掃除機はかけられないでしょ？　だから、ガムテープで死骸を取ってさ。夜中にシーツ剝がしたり、カーペットをベランダに持っていったりしているうちに、とうとう夜が明けちゃって」

「で、鼠の死骸でもあるんじゃないかって思ったわけだ」

「うん……」

清美は頷いた。

縋るような目をしていたに違いない。新里は彼女の頼みに、渋々とではあるが、頷いてくれた。そして友達から脚立を借りて、アパートに来てくれたのだ。

(やっぱり、こういうときは、男の人って頼みになるな)

彼への評価は上がったり下がったりと忙しかったが、今回の親切で、急上昇したのは確かなことだ。

清美は思いがけない展開で彼を自室に招いたことに、微かなときめきを感じてもいた。ドアを開けた瞬間、危惧をしたのは、変な臭いが籠っていないかということだった。だが、幸いなことに臭いはなく、夢中で掃除をしたせいで、部屋もきれいに片づいていた。

「へえ。きれいな部屋じゃん」

玄関に踏み込んで、新里が感心した声を放った。この部屋を訪れた人から何よりも、聞きたい言葉を背中に聞いて、清美は嬉しさで頬を赤らめた。

彼女はいそいそとした足取りで部屋に入ると、彼を招いた。脚立を肩に担《かつ》ぎつつ、早速、新里が天井を見上げる。

「これかあ」

昨晩、小蝿の集った場所に、相変わらずの染みがある。夜半に懐中電灯の明かりで照らして見たときよりは、不気味さは余程、薄れている。しかし、クロスのほかの部分とは、紛れようもない差異があった。

「黴《かび》かな。錆《さび》みたいにも見えるけど」

新里は片手を翳《かざ》して、

「ああ、ここ。壁紙が浮いてるよ。リフォームのとき、業者がヘマをしたんじゃないか？ 糊《のり》に異物が交ざったか、汚れをよく落とさないで、上から壁紙貼っちゃったか」

わざとか、彼は清美の推論とは違う推理を展開した。

「何かの、その、体液とかが染み出て、紙が浮いたって可能性は？」

「うーん」

「だって、そうじゃなかったら、小蝿が集まるなんて変じゃない」

「だよなあ」

新里は煮え切らない。屋根裏を覗いて、動物の死骸を見るのが嫌なのだろう。気持ちはわかる。が、そのために新里には来てもらったのだ。

「死骸を取ってくれなんて言わないから。そうしたら、大家さんに言うから。見るだけ……。お願い、見て欲しいのよ」

清美は彼に両手を合わせた。新里はそんな彼女の様子に、苦笑いして頷いた。

「わかったよ」

見るだけならば、といったところか。

「天井裏が見られる場所あるの？」

「風呂場のダクトか、押入れの羽目を外せば」

清美は言ってから、少し慌てて、

「待ってて。ちょっと整理するから。飲み物出すから、テレビでも観てて」

あたふたとして手を振ると、テーブルの上にふたつのコップとペットボトルを並べて置いた。新里が小さく含み笑う。

「そんなに汚れてない。すぐ済むわ」

清美は言われてもいないことに口を尖らせ、小走りに押入れに駆け寄った。風呂場のほうがきれいなのはわかっていたが、あそこはなんとなく気恥ずかしい。彼女は押入れの引き戸を開いた。

引っ越してきて間もないせいもあり、やや乱雑ではあるものの、そんなに物は多くない。

彼女は突っ込んであった洋服を手早く紙袋に押し込むと、改めて新里を手招きをした。

「ここなら、脚立はいらないな」

押入れの中に潜り込み、新里は清美の手から懐中電灯を受け取った。羽目板をずらす音がして、彼の腰がやや慎重に伸びていく。

清美からは、仕切りの上に立つ彼の両脚しか見えなくなった。覗き込むと、斜めに開いた屋根裏に、新里の胸から上が消えていた。清美は彼の前に広がる闇を想像し、ゾッとして、慌てて視線を下にずらした。

ジーンズの裾から、赤と黄色の派手な靴下が覗いている。

そんなことにふと眉を顰めて、清美は彼を窺《うかが》った。

(靴下、少し汚れてる)

「新里くん、どう?」

「場所がよくわからない」

「押入れからだと、斜め右後ろになるはずよ」

彼女は両手をメガホンにして、指示を飛ばした。声に従って、新里の爪先がこちらに向き直る。やはり、靴下が汚れている。その中で、足の指が神経質に伸びたり縮んだりを繰り返してた。

「見えた？　新里くん」

「…………」

「新里くん？」

答えは返ってこなかった。足の指の動きが止まった。

「ねえってば」

やはり無言だ。突然、焦った気持ちになって、清美は声を大きくした。

「新里くん⁉」

その途端、

「うわあっ！」

捩《ねじ》れたような悲鳴を上げて、新里は足を踏み鳴らし、片足を大きく宙に浮かせた。

「新里くん！　新里くんっ⁉」

悲鳴を上げ、清美は脚に取り縋る。新里はその膝をのたくるように震わせて、次いで、間の抜けた笑いを漏らすと、天井裏から頭を出した。

「ははは、冗談。びっくりしたあ？」

彼はニッと歯を見せた。まさに、悪戯《いたずら》に成功した子供の笑顔だ。心に余裕があったなら、そのあどけない表情を魅力的だと思うこともできただろう。しかし、清美は激怒した。彼女は驚愕《きょうがく》と屈辱で涙ぐみ、声を詰まらせながら怒鳴った。

「な、何よ、それ!? 酷いわ。私、……私、本当にびっくりしたのに。怖いのに! 冗談ってどういうことよ! 何を面白がっているのよ!?」

怒りで、彼女の体が震えた。新里は過剰とも言える反応に、素直に驚いた顔をして、

「何もないぜ。見てみなよ」

取り繕《つくろ》うごとくに、清美を招いた。

「……ほんと?」

跳《は》ね上がり続ける心臓を胸の上から押さえつつ、清美は押入れの奥を見上げた。瞳はまだ、涙ぐんでいる。新里はそれに目を細めると、彼女の手を取り、引っ張り上げた。

狭い押入れの中で、ふたりの体が密着する。体温を感じて、清美の心臓が別の理由で速度を上げた。彼女はそれを隠そうと、新里を突きのけるようにして、天井裏に頭を入れた。

埃臭い。真っ暗だ。

清美の心はまた、不安に染まった。受け取った懐中電灯で、恐る恐る目当ての場所を探っていくと、電灯に繋《つな》がる配線が、黒い埃を絡めつつ、横たわっているのが見えた。その近辺にも、ほかのどこにも、清美が恐れていたような生き物の姿も、死骸も、ない。

「本当だわ。何もない」

彼女は微かに息をつき、確認のためにもう一度、天井裏を明かりで撫でた。のっぺりとした天井裏には、一面均等に埃が積もっている。それを知って、清美は逆に身を強張らせて、目を見開いた。

（鼠が走った跡もない……）

ならば、彼女が耳にしたあの足音はなんだったのか。死骸がないのはいい。しかし、ならば、あの異臭の原因は。虫は。

闇の濃度が増したと思った。

清美はごくりと喉を鳴らして天井裏から退くと、物も言わずに羽目板を填《は》め、押入れから飛び下りた。

「どうした」

新里が怪訝な声を聞かせた。清美は背中を向けたまま、もうひとつのコップに麦茶を注いで、呷《あお》るように飲み干した。

コップを置いた指先が、血の気を失って真っ白だった。顔色も悪いに違いない。向かいに座った新里が、笑い損ねて肩を竦めた。

「お前。そんなに、ビビッてたのかよ」

清美は薄く微笑んだ。

（お前なんて。気安い言い方ね）

やはり、小さな空間にふたりきりというシチュエーションは、親しみを増すものなのだろうか。とはいえ、今の清美にそれは、感動も忌避《きひ》も呼び起こさなかった。彼女は改めて、染みを見上げた。

「鼠の死骸がないのなら、じゃあ、あの染みはなんなのかしら」

「雨漏りかな」

「今年はまだ、ろくに雨も降ってないわよ。それにどうして雨漏りに、あんなに小蝿がたかるのよ」

「今は一匹もいないじゃん」

新里は眉間に皺を刻んだ。たった今、異常のないことを確かめたのに、まだ信用できないのかという表情だ。彼は苛立ちをもう一度、小憎らしい笑顔に変えて、

「水分でも嘗《な》めにきてたんじゃ？　それとも壁紙を貼り替えるとき、業者が虫でも巻き込んだとか」

「やめてよ。気持ち悪い」

清美が再び声を高くした。自分の台詞が効果を発揮したのを知って、新里は一層、嬉しげだ。彼は「ちょっと、ごめん」と呟きながら、いきなりテーブルに足を乗せると、染み

の部分に手を伸ばした。

「別に違和感はない。何もない」

指で染みをさすりつつ、彼は笑顔で清美を見下ろす。いじめっ子のゆとりか。それとも、本当は親切な奴、という設定か。

お愛想で礼を言いながら、清美は彼の靴下の汚れが気になって仕方なかった。

（そんな足で、テーブルに乗らないで）

靴下の中に隠れた足も、汚れているのではないか。爪の間に垢が溜まっているような……不潔な、筋張った、青黒い足。

夢現で見た男の足が、突然、甦ってきた。

（じゃあ、床が温かかったのは？　転がっていたペットボトルは？）

原因はどこにあるというのか。

彼女は顔を強張らせた。

（鼠であったほうがいい。鼠のほうが絶対、ましだ）

形の定まらない恐怖を得、彼女は視線を彷徨《さまよ》わせた。向かいに落ち着いた新里が、それを見て、またも苦笑を漏らした。

「なんて顔してんだよ」

「だって……鼠じゃなかったら、なんなのかなって」

「はは。お化けとでも思ったの？」

乾いた笑いが耳に届いた。清美は反射的に首を振り、意識を逸らすようにして、部屋の中を見渡した。テレビの脇に、紙袋が置いてある。

「あ、そうだ。本、返すわね」

彼女は膝を躙《にじ》らせて、新里から預かった袋を取った。

「読んだ？」

「だから、ホラーは読んでない。新里くんも、私がすごい怖がりだってわかったでしょ」

「面白いのに」

新里は紙袋から『たたり』を取って、ペット自慢をする女のように、嬉しげに解説を試みた。

「昔はこれ、『山荘綺談』ってタイトルだったんだ。映画にも二度なってる名著だぜ。『たたり』ってのは、確か一九六三年に映画化したときの邦題で、監督はあのロバート・ワイズさ。幽霊屋敷ものの典型で」

「幽霊屋敷？」

言葉を遮《さえぎ》って、清美は訊いた。

「そう。ホーンテッド・マンション」

彼はぱらぱらとページを捲った。そして——多分、彼の気に入りの箇所なのだろう。冒頭に近い一文を情感を込めて囁いた。

「〈丘の屋敷〉は気持ち悪い。この建物は病んでいる。さあ、今すぐここを逃げ出すのよ」

低い声が虚《うつ》ろに響いた。

それが耳朶《じだ》を震わせた刹那《せつな》、清美はどこかに落ちていくような、頼りない浮遊感を身の内に感じた。

さあ……、今すぐここを逃げ出すのよ。

取り替えたばかりの電灯が、一瞬、ちかちかと点滅した。そっと天井を見上げると、蛍光灯のサークルに小蝿が数匹、這い回っているのが見える。

新里はそれに気づかない。彼は己の愛する世界に浸りきってしまっている。

「ヒロインは、ここで屋敷はヤバイって気づいているにも拘わらず、逃げ出せなくなってしまうんだ」

「なんで」

粘ついてきた唇の、糊を剝がすように清美は呟く。

「取り憑《つ》かれて……いや、魅入られてかな？　これ以上言ったら、ネタバレになる。気になるんなら、読んでみな」

「いらない。持って帰ってよ」

追いやるように手を振ると、新里は口をへの字に結んだ。傷ついたような表情は、罪悪感を喚起させる。が、清美に彼の心情を測る余裕は残ってなかった。彼女は不機嫌に押し黙り、再び天井をちらりと見上げた。

虫の影はどこにもない。

「気になるなら、ポスターでも貼ったら」

取りなす口調で、彼が言う。

「そうね……」

己のセンスに適う提案ではなかったが、清美は力なく頷いた。五臓すべてから力が抜けて、くたくたと萎《な》えるような感覚がある。単なる疲労や不機嫌とは違う。彼女はこれと同じ感覚を昔、味わったことを思い出していた。

小学校の頃、高鉄棒から手が離れ、落ちてしまったときだった。軽い脳震盪《のうしんとう》を起こして、地面にしゃがみ込んだ彼女は、ショックと共に泣きたいような異様な気持ちに襲われた。斜めに投げ出された自分の足が、通常とは違った角度で曲がっているのを見つけたからだ。

骨折とは気づかなかった。ただ、少しでも動いたら、とてつもなく辛《つら》いことになる……。

それだけは、心のどこかで知っていた。だから、清美はあのとき、永遠に動きたくないと考えた。このまま微動だにせずいたならば、痛みは感じないかもしれない。この、おかしな形に曲がった足も、いつの間にか元に戻るかもしれない。

――結局、その後、彼女は泣き叫びながら、救急車で運ばれていくことになるのだが。

(今の気持ちは、あのときに似ている)

どこかに残った醒《さ》めた部分で、清美は己を分析した。

不吉な予感。

絶対的に逃れられない未来に砕かれる前触れ。ショック。

気がつくと、彼女はたったひとりで、天井の染みを見つめていた。

既に、外は暮れていた。

いつ、新里は帰ったのか。記憶を巻き戻すとぼんやりと、彼の姿が甦る。あれから少し話したようだ。しかし、彼女の中の新里は今、小蝿より小さな存在だった。

ポスターでも貼ったら、というアドバイスは憶えている。何か気の利いたラッピングペーパーか、可愛い小布はないものか。

清美は部屋を見渡して、見覚えのある紙袋が玄関に置いてあるのに気がついた。

「あの男……」

帰り際に忘れていったのか、それともわざと置いていったのか。怒りを感じると共に、脳の血液循環が一時的に良くなった。

彼女は舌打ちをすると本を出し、紙袋に鋏《はさみ》を入れた。

コンビニ辺りで買ったものなのか、紙袋にはチロル地方の可愛らしい街並みの写真がプリントされていた。典型的な観光写真には、典型的な野暮ったさがある。しかし、急場を凌ぐには、これで良しとするほかはない。

彼女は紙袋からプリント部分だけ切り取ると、テーブルの上に爪先立った。染みを見ないようにしながら、慎重にセロテープで写真を貼る。

多分、セロテープでは紙はすぐに剝がれるだろう。しかし、これも急場凌ぎだ。

(気に入ったクロスを見つけたら、きちんとレイアウトしよう)

清美は床に下り立って、様々な角度から天井を見た。今のままでは、なんともダサイ。

(でも……そうだわ。布を使って、ランプシェード状に飾ったら、うまくいけば、中近東っぽいエスニな感じにできるかも)

彼女はまた、夢を膨《ふく》らませた。

心に転がるしこりには、なるべく目を向けたくない。清美は理想のクロスの柄をあれこれ思い描きつつ、無意識に二の腕を強くさすった。

天井裏を確かめてしまった瞬間から、ずっと体が冷えている。その原因に目を向ける勇気も、彼女は持ち得なかった。

溜息と共に服を着替えて、彼女は部屋の明かりを消すと、ベッドの中に潜り込んだ。寒いし、体も頭も重い。こういうときは無理をせず、眠ってしまうのが一番だろう。

清美は枕に頬を押しつけて、あれっ、と小さく呟いた。

今日はバイトの日ではなかったか。

一瞬、目を開いたものの、彼女はまたすぐ瞼を閉じた。バイトがあろうがなかろうが、今からではもう遅い。焦ることに益はない。

(ていうか、私、お風呂入らなかった？　いや、その前に、今日の夕飯、何食べたっけ)

骨折時に似た感覚は、ずっと続いているようだ。記憶の一部が漂白剤でも掛けたように白くなっている。

(何がそんなにショックだったの……)

思い出そうとすると、眩暈を感じた。清美は枕の上でかぶりを振った。

ほかにも色々考えたり、思い出したりするべきことはあった気がする。が、今はともかく疲れている。疲れた理由も、様々あるが、それも思い出したくない。今、考えたところで、なんの解決も浮かばないことだけはわかっている。

目を瞑《つむ》ったまま眉を顰めて、彼女は何度も吐息を漏らした。

眠りに引き込まれていく一方で、不快に尖った神経が清美の休息を阻害していた。無理に眠ろうとすれば、苛立ちや焦りまでがそこに加わってくる。

瞬間的な意識喪失に、切れ切れの思考を混ぜ込んで、彼女は気づかないうちに、新里のことを考えていた。

彼の笑顔が淡く浮かんだ。そして、それよりはっきりと、彼の言葉が甦ってきた。

——「はは。お化けとでも思ったの?」

(お化けなんて)

拙《つたな》い言い方だ。いきなりそういう推理になるのは、彼がやはり「心霊現象」とやらを信じているからなのか。

(怯えたのは、そんなことじゃない。……そう。思い出したわ。私の不安は、ごく現実的な問題よ)

床の温かさに、倒れたボトル。それらをまとめれば、侵入者の可能性に行き着く。

(だから、鍵を……つけ替えよう。染みはもう、隠してしまったし)

途切れ途切れの思考は矛盾だらけだ。まどろみながら、彼女はそれで万全だと考えて、深い安息の息を漏らした。

混沌《こんとん》としていく意識の狭間に、ふわりと白い紙が浮かんだ。その表面が一部、ボールペンで黒く塗り潰されている。

心霊現象。

──『心霊現象』は見えても見えなくても、確実にそこに存在している。黒い闇の中にある。

どんなもので隠しても、天井の染みは、決して、消えない。

清美は大きく目を見開いた。

微かな軋《きし》みが耳に届いた。錆びた蝶番《ちょうつがい》が鳴る音だ。それから、窓が開く音。

(どこの部屋？　隣の部屋？)

枕に頰を当てたまま、彼女はじっと息を潜めた。再び、微かな軋みが聞こえた。そしてまた、窓が開く音。あるいは窓が閉まる音。

清美は空唾を飲み込んだ。アパートの窓は引き戸のはずだ。こんな音がするはずはない。ならば、近所の家から聞こえてくるのか。

違う。

音はもっと近い。

脈拍が急に上昇してきた。その鼓動がうるさくて、音が聞き取れなくなってくる。彼女は恐る恐る枕から顔を上げて耳を澄ませた。

ギィ……バタン。

また、音が聞こえた。続いて、乾いたものを爪で引っ掻いているような、せわしく、苛立たしい連続音が、同じ方角から届いてきた。

清美はそっと首を回した。

音源は外にない。

彼女は気づいた。

音は、部屋の中でしている。

喘ぎそうになる口を摑んだ布団で強く押さえて、彼女は見開いた目を動かした。バスルームでも、玄関でもない。

再び、蝶番の軋みが聞こえた。

方角は天井。

天井だ。

明かりを落とした電灯の影で、窓が開閉している。その窓ガラスを何者かが、小さな爪で引っ掻いている。

——チロル地方の、花で飾ったガラス窓。

ベッドから転げ落ちるようにして、清美は立った。そして電気の紐を引く。強く引きすぎたせいか、蛍光灯は一瞬、青白い明かりを点しただけで、部屋を照らしはしなかった。彼女は歯を食いしばり、テーブルの上に飛び乗った。

笠に隠れて、紙を貼った一角は殊更、暗い。花に飾られた窓の写真は、所詮《しょせん》、紙袋のプリントだ。図柄などろくに覚えていない。しかし、その中の窓のいくつかは、記憶と異なっているようだった。

中心にある家の窓が開いている。そこに、なぜか朦朧とした黒い人影が立っている……。

飛びかかるように、清美は紙を引き剝がした。

急場凌ぎに貼ったセロテープが、案外な粘着力を発揮した。紙は端を天井に貼りつけたまま、斜めに裂けた。清美は摑んだ部分を床に捨て、もう一度、テーブルからジャンプした。紙が剝がれた。目の前に、薄赤い天井の染みが広がる。

浮かび上がった斑点が、嗤《わら》った乱杙歯《らんぐいば》に見えた。足を着いたテーブルが同時に大きく傾いていく。彼女はバランスを失って、そのまま背中から床に転がり、壁に頭を打ちつけた。

痛みは少しも感じなかった。清美は引き裂いた紙を持ったまま、舌を出さんばかりに喘いだ。面白いほど、四肢が戦慄《わなな》いている。彼女は歯の隙から息を吸い、手にした紙に視線を落とすと、悲鳴を上げて投げ捨てて、蹲《うずくま》って頭を抱えた。

髪に手を入れて縮こまる。涙は出なかったが、嗚咽《おえつ》が漏れた。彼女はそれを呑み込んで、息を止め、全身を耳にした。

蝶番の軋みは聞こえてこない。代わり、微かに紙の鳴る音がした。多分、強く握った紙が自然に解《ほど》けたに違いない。しかし清美は飛び上がり、ヒステリックにちぎったそれを両手の中で丸めると、そのまま外に飛び出した。

家のゴミ箱には入れられない。彼女はそれを階段下のゴミ集積場に捨てようとした。ミュールに足を半分突っ込み、激しく階段を駆け下りる。

焦った足がもつれて、履物が脱げた。右足が段を踏み外す。清美は手摺りに摑まり損ねて、下三段ほどを転がり落ちた。

破いた紙を握ったまま地面に強く突いた手に、火花のような痛みが走った。清美はそれでも拳《こぶし》のまま、這うようにして数歩進んで、青いポリバケツ目がけて、紙を放った。

丸められた風景写真は、バケツを外れて転がった。

清美はそれをもう、見ない。彼女は腰が抜けたように、一番下の階段に震えながら凭れかかった。

その頭上で、アパートの二階のドアが、バタンと開いた。

ひきつった声を上げて振り向くと、隣の男がむくんだ顔で清美のことを見下ろしていた。

「うるせえ」

低い声ののち、わざとらしく激しい舌打ちが聞こえた。

ドアが乱暴に閉ざされる。

清美はそれに無感動な目を向けて、そっと自分の両手を見やった。右も左も、指の関節が真っ赤に擦り剝けている。気がつけば、テーブルから落ちたときにぶつけた背中と頭、今、打ったらしい膝も痛かった。

「ひどいわ……」

彼女は呟いた。

そして、それから暫く泣いた。

――落ち着いたのは、三十分ほど経ってののちか。恐怖より肉体の痛みが勝った時点で、清美は部屋に戻っていった。戻りたいわけではない。しかし、パジャマ姿ではどこにも行けない。それに、夜はまだ冷えた。

恐る恐る開いたドアの向こうは暗く、しんと静まり返っていた。

天井の染みはまだあるだろう。だが、とりあえず覗いた部屋は、素っ気ないまでに平穏だった。

血塗《ちまみ》れの両手を庇《かば》いつつ、清美はそっと扉を閉めた。

何もない。

玄関灯を点けた。

何もない。

彼女は小さく息を吐き、ミュールを脱ぐと、部屋に上がった。

素足に触れた玄関マットが、ぐっしょりと冷たく濡れていた。

11

手当てをするのが遅れたため、両手は腫《は》れ上がってしまったが、彼女は朝一番で大学に向かった。

手のみならず、顔がむくんでしまっているのも、膝に大きな痣《あざ》ができているのも知っていた。けれども、彼女は構わなかった。あの部屋に独りでいるよりは、みっともない姿を曝《さら》そうと、人中にいたほうが安心できる。

結局、清美は一晩中、コートも着ないでベランダで過ごした。

なぜ、踵を返して外に出なかったのか。理由は自分自身、よくわからない。多分、服を着たり財布を取ったりする僅かな暇すら、あの部屋の中で過ごすのが耐えられなかったからに違いない。

体調が優れないのは、寝不足もあるが、途中、トイレに行きたくなったのを朝まで堪《こら》えたせいもある。

彼女は手に触れた服を適当に着て、髪もろくにブロウしないまま、学食の椅子に腰を下ろした。

何か、胃に入れなくてはならないのは知っている。だが、食欲は全然なかった。清美は自販機で買った紙コップのコーヒーのみを、不味《まず》そうな様子で少しずつ啜《すす》った。

熱いコーヒーが喉を通ると、僅かな悪寒《おかん》が身の内を走った。体の芯が冷え切っている。

(風邪を引いたのかもしれない)

それとも擦り剝いたところから、黴菌《ばいきん》でも入ってしまったか。だとすれば、病院に行かねばまずい。

(でも、その前にぐっすり眠りたい。眠れば、体調だって恢復《かいふく》するわ)

——思えば、馬鹿なことをした。

朝の光の中で、昨晩の恐慌状態を反芻すれば、すべてが自分の心の中で作り出した幻影にも思われる。

音は夢だったかもしれないし、風の加減でどこかから紛れて聞こえたものかもしれない。

写真の異変も似たようなものだ。ろくに見もせずに貼ったものの変化など、見極められるはずはない。

どれもこれも、あの瞬間は、確かに異常だと感じたが、よくよく思い起こしてみれば、昨晩の災難のほとんどは、自分自身で引き起こしてしまったものだ。

（そうよ。たとえ、あれがおかしなことでも、あんなに怯えることはなかった）

たかが、音だ。

虫や鼠の死骸と違い、現実的な害のあるものではない。天井裏に、足跡すらなかったことは喜ぶべきことではないか。

（臭いはやっぱり配水管。ペットボトルが落っこちたのは、何かの弾み……でも、あの、濡れた玄関マットは？）

清美は紙コップを置いた。

悪寒が走る。気分が悪くなってきた。彼女は生唾を呑み込むと、ゆっくりテーブルに突っ伏した。

目を閉じると、眩暈を感じた。それをなんとか落ち着かせると、眩暈は猛烈な睡魔に変わった。

（ああ、だめ）

彼女は眉を顰めた。

(こんなところで眠ったら、ほんとに風邪を引いちゃうわ)

常識的な判断は、結局、肉体の要求に負けた。彼女は肘《ひじ》に額を当てて、

(ほんのちょっとだけ……)

目を閉じた。

「――大丈夫？　具合でも悪いの」

肩を軽く揺すられて、朦朧とした頭を上げると、新里が驚いた顔で清美を見ていた。

時計を見ると、一限目の半ばだ。三十分以上、寝たらしい。

(学食のオバサン、心広いわね)

清美は目を擦りつつ、ぎくしゃくと新里に微笑んだ。

「昨日。全然、眠れなくって」

「顔色悪い。うわ、その手、何？　怪我したの？」

「……新里くん、本を忘れていったでしょ」

清美は髪を手櫛《てぐし》で整えた。問いに答えなかったことで、新里は一層、心配そうな目つきになった。彼は向かいに腰を下ろした。

清美は小声で話を続ける。

「あの『たたり』って本……」

「なんだ、お前。あの本読んで眠れなくなったの？」

話を先取りして、新里の表情が安心したような笑顔に変わった。清美は緩く首を振り、

「最初、あの本のこと話したとき、確か新里くん、言ってたわよね。心霊現象、信じてるって」

自分でも思いがけない言葉を口から出した。

新里の口の端が、ぴくりと歪む。清美はそれを上目遣いで見つめながら、囁いた。

「あそこね、あの部屋、なんか変なの」

「染みが人の顔にでもなった？」

彼は清美の怖がりをからかう調子で肩を竦めた。清美はそれに苛立って、椅子を引いて身を乗り出した。

「そうじゃなくって。真面目に聞いて。聞いて判断して欲しいのよ。どうやったら、全部、理屈がつくのかを」

口を挟もうとするのを手で制し、彼女は堰《せき》が切れたごとくに、今までの経緯を一気に語った。

全面的に、新里を信頼してのことではない。彼はどこか浮ついている。それでも清美が

話をしたのは、たまたま今というときに、新里が前にいたからだ。

話す相手は誰でもよかった。

自分でどんなに合理的解釈を加えても、恐ろしいという感情は立ち去ることなく居座っている。

理性と感情は別物だ。この漠然《ばくぜん》とした重苦しさをひとりで抱えるのは辛すぎる。誰かに己の恐怖を分ければ、半分とまではいかないまでも、少しは楽になれるはずだ。

彼女は語った。怪異と共に、合理的——だと思われる自分の推理もつけ加えて。

新里は気圧《けお》されでもしたように、途中で茶々を挟むこともなく、黙って最後まで話を聞いた。

ときどき、視線が清美の指先のほうに流れる。大小取り混ぜた絆創膏《ばんそうこう》が、片手だけで五枚以上貼ってある。そんな昨晩の恐怖の証が、新里の口を閉じるのに役立ってくれたようだった。

ゆえに清美は存分に語り、その後で彼に意見を求めた。

新里は腕組みをして、やや重々しく頷いた。

「推理は大体、当たっていると俺は思うぜ。臭いは配水管。物音は建物の構造から来る別の場所からの反響か、言うとおり、風向きの加減だろ。染みは多分、糊が剥がれたための黴。玄関マットが濡れていたのは、慌てて外に飛び出すときに、コップでもひっくり返したのさ」

「玄関に、コップを置くわけないじゃない」

「だったら」

新里は口を曲げ、

「この想像は少しヤバイけど、『うるせえ』って怒鳴った隣の男が、腹いせに水でも撒いたとか。鍵は締めてなかったんだろ」

彼は自分のひらめきに、満足したように頷いた。聞いて、一瞬、清美の眉が痙攣《けいれん》したごとくに寄った。

「そういえば、男の影も見たわ」

「どこで」

「もちろん、部屋の中でよ。ある晩、目が覚めたら、ベッドの脇に男の素足が見えたのよ」

思い出し、清美は身震いをした。

あれも夢かもしれない。が、知覚したすべてを、夢と錯覚で片付けるには、並べた項目は多すぎる。

異臭と、染みと、ペットボトルと、男の足と、濡れてしまった玄関マット……。

彼女はそれに気がついて、水を浴びたような気持ちになった。

(あの部屋は本当に、どこかおかしい)

出来事のほとんどは些細な事だが、それらがすべて、ひとつの部屋で起き続けるのは不自然だ。

清美はまた、混乱に陥《おちい》りかけた。

「……欲求不満なんじゃねえ?」

そのとき、呟きが耳に届いた。ハッとして清美が見返すと、新里は取り零した失言をにやにや笑いでごまかしている。

清美の頭に血が上った。

「下世話なことを言わないで。ただの欲求不満で虫が湧いたり、マットが濡れたりするわけないでしょ。私、本気で怖いのよ!」

「ごめん、ごめん」

涙ぐまんばかりにむきになった清美の様子に、新里は慌てて手を振った。

「軽い冗談。気にすんな」

「新里くん」

「怒るなよ。そんなに気になるんなら、土地の過去と、前に住んでいた奴の情報を集めてみたらどう？　そういう家モノのホラーはさ、土地の因縁とか、部屋で自殺があったなんていうのが常套《じょうとう》手段だし」

「…………」

「まあ、塩盛り？　それとかしてみたら。あれって、効果あるって言うじゃん」

立て続けに提案し、新里は素早く腰を浮かせた。

清美の剣幕に恐れをなしたか。それとも、これ以上、話につきあうつもりはないのか。

いずれにしても、清美は彼を引き留めようとは思わなかった。

彼女は唇を結んだまま、新里の後ろ姿を見送った。

情報収集をしろという提案は悪くなかったが、彼の言葉は不愉快だった。

（家モノのホラー？）

あの部屋で起こったことを、フィクションと同列に語るのか。

彼が信じると言った『心霊現象』は、所詮、ホラー小説を薦めるための口から出任せだったのか。

（信じてない……。信じるつもりもないんだ）

怒りより、寂しさが募ってきた。

(どうしてだろう)

新里に話をしたのは、それなりに、彼とは親しいと考えていたからにほかならない。誰でもよかったとはいうものの、見ず知らずの他人にいきなり不安を訴えるはずはない。

しかし、新里は彼女のすべてを自分の尺度で判断し、切り捨てるように即決する。いや、誰だって、自分という尺度でしか、人は物事を判断できない。新里がとりわけエゴイストであるというわけではない。

(だけど、高校までは、こんなことはなかったわ。私の周りはいつだって沢山の友達がいて、煩いほどみんな親身になって、お互いの悩みを相談したり、隠し事を暴いたりしてたのよ)

クラスメイトに、部活でできた友達に、近所に住んでいる幼馴染み。女も男も、遊び相手にも相談相手にも、まったく事欠かなかった。

にも拘わらず、この新たな生活圏においては、清美は賑やかな環境に身を置くことが適わなかった。テニス部の部員も同期の学生も、その場限りのつきあいしかない。大学という場を離れてまで、共に時間を過ごすことはない。

地方社会と都市の差か。いいや、それは違うだろう。大学には、全国各地から学生達が集まっている。つきあいの輪を作り直す作業は皆、一緒のはずだ。

多感な十代も後半に来て、べたべたとした友達づきあいに距離ができてきたのだろうか。ほかの人達は、こんな希薄な人間関係で、充分、満足しているのか。

（雅代ちゃんに電話をしてみようかな……）

高校時代、一番親しかった友人は、大阪の大学に進学していた。似たような都会で独り暮らしを始めた彼女なら、自分の孤独をわかってくれるかもしれない。

清美は考え、かぶりを振った。

落ち着いたら連絡を取り合おうと誓ったはずなのに、お互い、もう三ケ月も音信不通だ。忙しさに取り紛れていることは、清美自身から推測できる。彼女も新しい環境に慣れるのに大変なのだろう。

（それで、友達を沢山作って、私のことなんか忘れていたら？）

連絡するのは怖かった。

彼女にまで突き放されたら、自分はもっと孤独になる。

（向こうから、電話が来るのを待とう）

清美は自分がこんなにも、ありとあらゆることに対して、臆病だとは知らなかった。

12

一週間、アルバイトは休むことにした。

自発的な申し出ではない。無断欠勤の謝罪のためにドラッグストアを訪れて、彼女は店長から直々《じきじき》に休めと申し渡されたのだ。

「昨日、ちょっと怪我をして……」

欠勤の言い訳を呟く清美を眺め、店長は傷ましげな顔をした。寝不足でむくんだ顔と手の怪我は、言葉よりも雄弁に彼女の不幸を語っている。

「独り暮らしなんだろう。だからホント、サボりならともかく、事故にでも遭《あ》ったんじゃないかと心配していたんだよ。わかったから、無理しなくていい。指の関節じゃ、物を持つのも辛いだろ。随分、腫れているようだから、ちゃんと医者に行っといで」

父親ほどの年の男性に優しい言葉を掛けられて、清美は涙ぐみそうになった。それを堪えて黙っていると、店長はなおも優しさを見せ、彼女に一週間の休暇を与えた。

(私、バイトに出たいんです)

清美はそう言いたかった。

あの薄暗い町にある『203号室』にいるよりは、多少調子が悪くても、明るいドラッグストアの中で働いていたほうがいい。しかし、彼女は言い出せなかった。本気で案じてくれている店長の好意を、無下にはできない。

実際、傷だらけの女がレジに立っては、店のイメージにも拘わるだろう。

彼女は心細い顔で、数回、細かく頭を下げると、

「薬、買って帰ります」

ややぎこちない笑みを浮かべて、店の中に入っていった。

明るすぎる照明が目に痛い。それに顔を歪めていると、奥からゆき子が駆けてきた。

「どしたの、こんな時間に。手、どうしたの!? 転んだの？ 平気？ 痛そう。ちゃんと薬塗ってるの？」

彼女は持ち前の大声で、矢継ぎ早に質問してきた。清美はもごもご答えつつ、消毒薬や湿布、絆創膏をカゴの中に落としていった。

「化膿《かのう》止めも必要でしょう」

ゆき子がお節介を焼く。その棚に目を向けながら、清美は横目で彼女を眺めた。

「今日もバイト、十一時まで？」

「いつもどおりよ」

「そう。それじゃ……」

「ん？」

「……人少なくて、大変じゃない？」

清美は小さく首を傾げた。

「大丈夫よ。十時過ぎると、この店、そんなに混まないじゃん」

「そうね」

ゆき子の口調はいつだって、きっぱりとして頼もしい。清美は小さく苦笑して、化膿止めを手に取った。

本当は、彼女の家に泊めてくれと言いたかったのだ。しかし、清美はそれもまた、言い出すことが適わなかった。

独り暮らしのゆき子なら、泊めてくれる可能性はある。けれども、そのためには、これまでの経緯を話さなくてはならない。好奇心旺盛な彼女は根掘り葉掘り事情を訊いて、無責任な想像を喋《しゃべ》り続けるに違いない。

そういう人間関係を欲しているにも拘わらず、清美はゆき子に対しては完全に心を開けなかった。

悪い人ではないと思う。だが、清美は彼女の華やかさに、どこか気後れを感じていた。

ゆき子は女優で、明るくて、いつも背筋がピンとしている。目の覚めるほどの美人ではなく、高価なものを身につけているわけでもないのに、まとう雰囲気は華やかだ。

(きっと、住まいも明るくて、居心地のいいところなんだわ)

若干のずれはあるけれど、伸び伸びとしたゆき子の暮らしは清美の理想に近かった。それを羨《うらや》ましいと思うからこそ、清美は今、彼女が妬《ねた》ましかった。

——線路沿いにあるラーメン屋で、のろのろと食事を済ませたのち、清美は目一杯、重い足取りで『203号室』に戻っていった。

玄関マットは、洗濯機に突っ込んである。

彼女は素足で部屋に上がると、鼻をひくつかせ、一歩一歩、床の温度差を確認し、慎重に部屋の電気を点けた。

染みからは素早く視線を背ける。テレビを点けてベッドに飛び乗り、清美は一気に窓を開いた。

家の光を反射するガラスに、一瞬、人影が二重に映る。彼女はそこからも目を背け、部屋の様子を窺った。

すべてのものは、目につく限り異常はない。

(明日、不動産屋に電話をしよう)

監視するごとく部屋を眺めつつ、清美は心で頷いた。

(アパートが建つ以前のことは、近所の人に訊いてみよう。それで、何かわかったら、このアパートから出てしまおう)

単に気味が悪いでは、親への言い訳もままならない。しかし、自殺や殺人事件があった部屋と決まったら、「気味が悪い」もそれなりの正当性を帯びてくる。

(絶対、何か出てくるはずよ)

事情が明らかになったなら、即行でこの部屋を引き払い、当座はどこかのウィークリーマンションでも借りて住めばいい。

新しい部屋を見つけたらまた、敷金だの礼金だのと金が掛かることは必至だが、事情が親に言えるなら、援助を乞うのも難しくない。

(そうするためには……むしろ、大きな事件があったほうが有り難い)

彼女は肩の力を抜いて、ドラッグストアの袋から医薬品を取り出した。腹が決まると、心にゆとりが生まれた。清美はしかめっ面《つら》をして血の滲んだ絆創膏を取り、まだ生々しい傷口に消毒薬をスプレーした。

手当てを終えたら、一旦、軽くお風呂に入り、もう一度、きちんと薬を塗って眠るのだ。

(事情もわからず、怯えているのは今日が最後よ)

怖いなら、明かりは点けて寝ればいい。

清美はひとりで頷きかけて、何気なく後ろを振り向いた。

俯《うつむ》いた項《うなじ》の後れ毛が、僅かな風を感知した。窓が開いているのだから、風を感じるのは当然だ。しかし項に感じた風は、外からのものとは思えなかった。

彼女は首に手をやった。外気に当たって、皮膚は冷たい。そこに触れてきた風は、人の息のように温かかった。

彼女は静かに窓を閉ざした。気のせいにしろ、もう一度、首筋に風を当てたくなかった。ついでに、カーテンもしっかり閉めて、清美は気分を盛り立てようと、精一杯、元気に立ち上がった。

テレビはちょうど、歌番組を放映している。彼女は一緒に鼻歌を歌い、リズムに合わせて腰を揺らした。

天井の際がピシッと鳴った。

清美は無視して、風呂に入る支度を始めた。それを追いかけてきたように、洗面台の上がまた、鳴った。

彼女は髪をまとめるために、鏡を見ようとして、そして——もう一度、壁が鳴るのを耳にして、狼狽《うろた》えて鏡から視線を背けた。

(何か映ったら……)

頭を過ぎった想像が、突然、暴力的なまでの恐怖に変わった。

窓ガラスに映った二重の人影。あれがもし、ここにも映ったら。

(それより、窓に映った影は、本当にガラスの歪みなの？)

想像が、悪いほうに傾いていく。

清美は口を激しく歪めて、洗面所から躙り下がった。その恐怖を嘲《あざけ》るごとく、途端、トイレのドアが鈍重な、大きな音を響かせた。

文字通り、清美は躍り上がった。

家鳴《やな》りと称されるような、乾いた鋭い音ではない。重みのある何かがぶつかった音。鈍い、振動を伴う音だ。

悲鳴の形に口を開けたまま、清美はドアを凝視した。視線にタイミングを合わせたように、再度、ドアが音を立てる。

音は、音だけではなかった。ドアそのものが細かく揺れている。

(何かが実際、ぶつかっている)

それを証明するように、もう一度、振動と音が響いた。音源は足許に近い。やはり、部屋には鼠がいて、トイレの中で暴れているのか。

清美は思い、己の推理に首を振ると、後ろに下がった。下がろうとした。

多分、腰が抜けたのだ。彼女は洗面所の際で、崩れるごとくに尻餅《しりもち》をついた。

今見た記憶が甦る。

——何かが当たって、ドアが震えた。その動揺は、内側から外に向かってのものではなかった。

(あれは……外から中に向かっていた)

見えない何かが清美の前に立ち、ドアを蹴り飛ばしたのだ。

「ふ、」

笑いとも、泣き声ともつかない声が口から漏れた。

これも新里の手にかかれば、薄っぺらい理屈がつくのだろうか。自分のほかに目撃者はいないのだから、今起きたことを言い募っても、嘘つき呼ばわりがせいぜいか。

(それどころか、頭がおかしいって思われるに決まってる)

尻餅をついたまま床を下がると、手足が戦慄《わなな》いているのがわかった。恐怖は全身を侵しているのに、清美の感情はそれよりも、むしろ寂しさを訴えていた。

(こんなこと、誰も信じない)

私はひとりだ。

数え切れない人の住むこの東京で、私は今、たったひとりだ。

修学旅行で、雑踏に立ち竦んでいたときの気持ちが甦る。たとえ渋谷の雑踏で、この恐怖を大声で叫んでも、皆はさして気にも留めずに、肩をついと背けて行き過ぎるだろう。

「ふ、」

清美はまた、声を漏らした。

今度は完全な泣き声だった。

トイレのドアは閉じたまま、素知らぬふりで沈黙していた。

13

三日ぶりに洗った髪が心地好かった。

清美は湯船に肘を乗せ、久しぶりに全身を冷たい緊張から解放した。

四つ先のターミナル駅にクアハウスがあることは、物件を探しているときから知っていた。いつか来ようと決めてはいたが、こんな形でこの場所を訪れることになるとは思わなかった。

もちろん、清美はこの顚末《てんまつ》を喜ばしいとは考えていない。最近のクアハウスは、アミューズメント施設としてもなかなかだ。こんなところにひとりで来るのは、気恥ずかしいし、侘《わび》しくもある。

（でも、ここには仮眠室がある）

男女共用なのが難点だったが、そこで眠るのは悪くない。

（最早、オヤジって感じだけどね）

これ以上の不眠は耐えられない。睡眠は絶対、必要だ。

彼女は湯船から半身を出すと、ふやけた自分の指先を見た。絆創膏が剝がれかかって、傷が熱を持っている。病院には結局、行かなかった。傷の治りは遅いだろう。同時に作った膝の痣も、気持ち悪いくらい青くなっている。お湯の中で、その痣はやはり重く、痛んでいた。

清美は傷の痛み以上に、先ほど、大きな鏡に映した自分の顔が辛かった。やつれただけではなく、一気に十も年を取ったごとくに老けていた。

（あれじゃ、新里くんだって、親身になってくれないはずよ）

鏡の顔は病人というより、よく言うところの〝イッちゃった〟女の顔に近い。

彼女は溜息をついて、風呂を出た。

時刻はまだ夕方前だが、案外と中は混んでいた。客のほとんどは地元のオバチャンのように見えるが、この時間の平日に、主婦が何故、こんなところで遊んでいるのか、清美には判断がつきかねた。彼女は缶ジュースを買って、仮眠室の椅子に身を横たえた。

薄暗い照明が、たちまち彼女を眠りに誘う。清美は腹の上に手を組んで、唐突に込み上げてきた涙で、眦《まなじり》を薄く濡らした。

大学を休んで、彼女は一日、不動産屋と近所の人に土地の「過去」を訊いて回った。情報はすぐに得られたが、それは予想とはかけ離れていた。

アパートの建っている場所は、元々田圃《たんぼ》だったという。そののち、空き地を利用した駐車場になり、暫くしてアパートが建った。

土地に、忌まわしい過去はなかった。

前の住人については、一階に住む人から聞いた。

「あの部屋、何かあったんじゃないですか」

知らず、詰問《きつもん》口調になった清美に怪訝な目を向けて、五十がらみの主婦は無愛想に、それでもちゃんと教えてくれた。

「何ってほどのことはないよ。ただ、前の子が家賃を滞納したまま、逃げちゃってね」

夜逃げをしたという男性は、清美と同じ年頃の、やはり学生だったらしい。

「遊び人ぽい感じだったから。闇金にでも、手を出したんじゃない？」

主婦は自分の推理を述べた。

彼女自体、一年前にここに来たので、その前の住人については知らないという。アパートの近所で暮らす人に尋ねても、知っている人はいなかった。

「学生さんは出入りが激しいからね」

部屋の情報は何もなかった。

アパートを含めたその近辺も、過去にパトカーを呼ぶような、騒ぎは一度も起こっていない。

――穏やかすぎる小さな町。

だからこそ、清美は絶望した。

これでは部屋を引き払えない。今日も、あの部屋で寝なくてはならない。

(前に自殺があったって、親には嘘をついてしまおうか)

考え、清美はかぶりを振った。

だめだ。そんなことを伝えたら、親は不動産屋に文句をつけるに決まっている。そうしたら、嘘はたちまちばれる。

(小細工なんか、通用しない)

そんな小細工で、あの部屋から、逃げ出すことは適わない……。

絶望に身を沈めるように、彼女は眠りに落ちていった。

14

ぎし、と鈍い音がした。

清美は窓から、空を見上げた。

青く澄み渡った空の向こうに、一片の白い綿雲が気持ち好さそうに浮いている。太陽は既に南中し、何も置いてないベランダを真っ白に照らし出していた。

ベッドの端に背をもたせ、清美はリズミカルに体を揺らした。耳に差し込んだヘッドホンからノリのいいパーカッションが漏れている。

先日から、欲しかった新譜のCDだ。

彼女はその音楽に没頭するようにして、薄く目を閉じ、頭を揺らした。

風もないのに、カーテンが激しくはためいた。

清美は無視する。

見ない。聞かない。感じない。

この部屋で暮らさねばならないのなら、それが最善の方法だ。

わざと五感を鈍くして、心をできるだけ閉ざすのだ。

家を調査してから五日間、彼女はそれを実行してきた。

細かい音は相変わらずだ。異臭も消えない。だからこそ、彼女はすべてから顔を背けた。

また、カーテンがはためいた。

ヘッドホンの細いコードが、布に打たれて耳から落ちる。清美は慌てて、それを拾った。

小さな黒い物体をもう一度、耳に挿そうとすると、プレーヤーが電源コードを引き抜かれたように急に止まった。

電源などない。バッテリーを使っていたのだ。

彼女はもたつく指先で、小さなスイッチを数回、押した。

ＣＤプレーヤーは動かない。

廊下で、ぎし、と音がした。

(見ない。聞かない。感じない)

顔が強張るのを隠し、清美はプレーヤーを手に取った。外はさんさんと日が照っている。

今日はなんと好い天気なのか。

音が、こちらに近づいてきた。清美は喘ぎ、堪えきれずに、廊下のほうに目をやった。

昼間でも、家中の電気は点けっぱなしだ。太陽の輝きに比べれば、遥かに貧弱ではあるもの、見通す視界は明瞭だった。

己の網膜に映るのは、安っぽいスチールのドアと、毛足の長いカーペット、お気に入りのレトロなローテーブル。白木のフローリングの脇にある、半透明の小さなゴミ箱。

それだけだ。だが、音は再び近づいてきた。

重量のある何かが、ゆっくりと部屋を横切ってくる。床の羽目板は湿度の変化で、歩いたとき、軋むときがある。

ぎし、と。

一歩。

また一歩。

目には何も映らない。前の道路を、どこかの子供がはしゃいだ声で駆けていく。

「……ちゃん、危ないわよう」

若い母親の、おっとりと間延びした声が続いた。

長閑《のどか》な真昼。その雰囲気は、部屋の中にも満ちている。なのに、床は微かに軋み、少しずつ音は、近づいてくる。

(見ない。聞かない。……感じてはだめ!)

必死に自分に言い聞かせても、神経は既に張りつめていた。

再度の軋みが、清美の心に荒唐無稽《こうとうむけい》な確信を抱かせる。

(見えない誰かが、近づいて、くる)

取り繕った冷静さは所詮、真実の恐怖の前では無力だ。

音が途絶えた。

一瞬、カーペットの起毛が、沈み込んだように思えた。

大きな足。

清美はひっと声を上げ、CDプレーヤーをかなぐり捨てると、気配を回り込んで廊下に走った。脛《すね》が本を蹴飛ばした。積み上げたままにしてあった、新里から借りた文庫本だ。中の一冊が、薄気味悪い表紙を表に曝していた。

『たたり』

彼女はそれを引っ摑み、転がるように部屋を出た。

15

本を受け取って、新里はじろじろと清美を見下ろした。

清美は反射的に髪に触って、唇を笑みの形に作った。口角を横に広げると、唇が乾いているのがわかる。きっとまた、酷い顔をしているに違いない。このところ鏡を見るのが怖くて、洗顔や歯磨きはすべて、キッチンで済ませてしまっているのだ。自分の顔の状態は、自分でもよくわからなかった。

「ほかの本は今度、持ってくる」

唇を舌で湿らせて、彼女はまた微笑んだ。

「いつでも、いいよ」

新里は不必要に優しい口調で言った。

少し眉を剃《そ》ったらしい。細く整えた彼の眉毛は剃り跡ばかりが青々として、あまり格好いいとは思えなかった。

清美は本を摑んでいた手を無意識に、拭《ぬぐ》うように、服に擦りつけた。ここまで本を持ってくる間、新里の朗読した一文が何度も頭の中に響いた。

——〈丘の屋敷〉は気持ち悪い。この建物は病んでいる。さあ、今すぐここを逃げ出すのよ。

言葉は摑んだ文庫本からじかに手に伝わってくるごとく、重なり合って、何度も響いた。抑揚を殺した男の声。内容を、今いる自分の部屋に結びつけるのは容易《たやす》いことだ。無意識に繰り返されるフレーズは、危機を察知した本能からの必死の訴えかもしれない。

——さあ、今すぐここを逃げ出すのよ。

しかし、清美は頷かなかった。

お為ごかしの男の声は、むしろやんわりとした脅しのように思われた。

「で？　どうよ、部屋」

本をポケットにねじ込んで、新里はホールのほうに歩き始めた。

「土地の過去とか洗ってみた？　おかしな噂《うわさ》は出てこなかった？」

「いろんな人に訊いたけど、別に何もなかったわ」

少し俯いて、彼女は答えた。半歩先を歩いて、新里はつまらなそうに肩を竦める。清美はそれを横目に捉《とら》えて、長い、密かな吐息を漏らした。

因縁などなくたって、悪意の棲む場所はある。それは通り魔事件と同じだ。被害者と加害者の関係性は、数式のごとく整然と理屈が整うわけではない。いくつかの殺傷事件を見れば、それは容易に理解ができよう。

通り過ぎざま、包丁で人を突き刺す輩《やから》の動機は、「誰でもよかった」「顔を見たらムカついた」——そんな程度のものでしかない。

家も同じだ。なのになぜ、こういう恐怖のみ理屈がないと、すべてが「気のせい」とされるのか。

「だけど、部屋は相変わらずよ」

急に悔しい気持ちになって、彼女は強い声を放った。

「足音はするし、気配はどこにでもあるし、昼も夜もお構いなしよ。怖くてもう、部屋のお風呂にも入れないしね。明かりを消して、眠れもしないわ」

思い切った言い方をすると、むしろ清々しい気分になった。彼女は驚いて振り返る新里に、明るく笑ってみせた。

「……怖くねえの？」

「怖いわよ」

清美は眉をハの字に下げた。

「新里くんは『心霊現象』信じてるんでしょ？　だったら、私の経験が普通じゃないってわかるでしょ。真っ昼間に近づいてくる足音なんて、偶然や勘違いでは絶対、説明できないわ」

当てつけに近い口調で言うと、少しだけ気分がさっぱりした。が、恐怖そのものは反芻される。語尾が震えそうになり、清美は慌てて口を噤《つぐ》んだ。

新里の眼差しが僅かに曇った。彼は清美から目を逸らし、学生ホールに向かう足を速めていった。

「あのさ」

「何」

「その部屋、マジで怖いみたいな。足音とかのほか、誰かに耳許で囁かれたりとかもするわけ？」

「声って」

「死ねとか、殺すとか」

「そんな怖いこと、言わないで」

清美はゾッと身震いをした。

「あるの？」

新里は重ねて尋ねる。

「ないわよ」

——まだ。

(襟元に、息を吹きかけられたことはあるけどね)

思い出し、清美はきつく眉をしかめた。新里はうーん、と腕組みし、数回、首を傾げてのちに、

「じゃ、いいか」

間が抜けて聞こえるほど、気軽な声を放った。

「何が」

「うん。もうちょっと、様子を見てみたら？　まだ、命の危険はないみたいだし、様子が酷くなるようだったら、もう一度、相談に乗るからさ」

彼は優しく微笑んで、清美の頭を軽く撫でた。そして彼女が驚いている間に、友達を見つけて駆け去っていく。

清美は頭に手をやった。大きな手の感触が、まだ明瞭に残っている。微かに頬が熱い気がして、彼女は困惑を感じて視線を落とした。

（やっぱ、優しい奴なのかなあ）

これで評価を翻《ひるがえ》すのは、あまりに単純というものだ。しかし今日の彼の態度は、前回とは打って変わって、親身で、思いやりのあるものだ。

（こんな怪しいお化け話を、彼は受け止めてくれた）

よるべない寂しさを感じ続けていたからこそ、清美は深い喜びを感じた。

誰かに頼りたい。相談したい。相談して、助けてもらいたい。

そんな願いを新里に託してしまっても、いいのだろうか。自分と彼とのつきあいで、それは図々しすぎないか。

(でもまた、相談に乗ると言ってくれたわ)

彼女は自分の指先を見た。

やはり黴菌が入ったらしい。絆創膏を貼った指は、芋虫みたいに膨らんでいた。マニキュアが剝がれた爪も汚い。

(不潔な感じ)

見ていると、憂鬱が甦る。

彼女は無意識に首を振り、

「もう少し……もう少し、様子を見るのよ」

己自身を鼓舞するように、口の中で呟いた。

16

「もう少し」とは、どこまでか。

少し軽い気持ちになって、彼女はアパートに戻ってきた。ここのところ、食事も風呂も、すべて外で済ませている。大学の裏にコインランドリー付きの銭湯を発見したことで、入浴と洗濯は楽になったが、経済的な打撃は大きかった。

アルバイトには行ってない。

認められた休暇は過ぎている。しかし彼女は休み続けた。さぼりたかったわけではない。億劫になったのは確かだが、それよりも怪我の調子が良くないことと、堆積している睡眠不足と緊張で、へとへとになっていたのが理由だ。

疲労は人を無気力にする。神経が活発に動くのは、恐怖という釘《くぎ》を打ち込まれ、戦き、逃げ惑うときのみだ。瞬発的に放出されるそのエネルギーは、ひと息ついたのち、一層、激しい疲労となって、清美の心身を萎えさせる。僅かに感じた喜びなど、あっという間に吸い取っていく。

——ドアの外に佇《たたず》んで、清美は頰をひきつらせた。

中に、人の気配があった。

彼女は思わず、部屋番号を確かめた。

２０３

間違えるはずはない。その部屋の中から、人の気配がする。明瞭なものではなかったが、テレビのような音声と、何か、食器を打ちつける音。酔っぱらっているような、くぐもった笑い声がする。

(馬鹿な)

鼻を鳴らして息を吸い、清美はドアの覗き穴から、慎重に中を窺った。拡大鏡を逆から見ても、何も映らないのは知っている。だが、小さな丸い円の中は、微かに明るんでいた。

電気は、消してあるはずだ。

彼女は口許を引き締めて、一歩退《しりぞ》いてドアを睨んだ。ここのところ、忘れていた推理が俄《にわか》に甦る。

(誰かが、部屋に侵入している……?)

倒れたペットボトルや、床の温もり。夜中の足音。最初、清美はそれらを現実の侵入者だと疑ったはずだ。

彼女は人差し指を伸ばして、そっと郵便受けの蓋《ふた》を押した。やはり、微かな光があった。明確な男の笑い声。そののち、咳《せ》き込む声が続いた。酒を飲み、誰かがテレビを観て笑っているのだ。

——許せない。

カッと、頭に血が上った。

(私の部屋に勝手に入り、勝手にくつろぎ、私の生活を滅茶苦茶にして!)

現実の人間相手なら、今はむしろ、強くなれる。

原因がわかれば、怖くない。人でも鼠でも、その死体でも、見えない悪意よりはましだ。

対処法はいくらでもある。

(警察に突き出してやる。ここは、私の部屋なんだから！)

彼女は慎重に鍵を回して、一気に扉を引き開けた。

風が抜ける。

中は、暗いままだった。

人の気配はもちろん、テレビも点いていない。ただ、正面にある窓が開き、緑のカーテンがはためいていた。そこから、乏しい街灯の明かりが部屋に漏れ入っている。

清美は目をしばたたき、いつもどおり明かりを点けながら、開いた窓に近寄った。

窓が全開になっているのは、怪現象でもなんでもない。昼間、ここから逃げ出したとき、閉じるのを失念してしまっていたのだ。

近寄ると、アパートの裏側で、数人の笑い声がした。居酒屋帰りのような男らが、酔っぱらって道ではしゃいでいる。

「あいつらか……」

窓が開け放ってあったので、声が近くに聞こえたのだ。明かりも多分、街灯が反射してのものだろう。

ビーチサンダルを履いてベランダに出て、清美は外を見下ろした。酔っぱらい達が遠のいていく。

「気のせい」

彼女は呟いて、自分の言葉に打ちのめされたごとくに、柵に凭れ掛かった。

さっきは確かに、中に人がいると思ったのだ。あの感覚が錯覚ならば、今まで己が感じたものも、すべて気のせいなのではないのか。

怖い怖いと思っているから、別個に原因のあるものをひとつに結び、些細な出来事を徒に拡大解釈したのではないか。

(だとしたら、私、馬鹿みたい)

「みたい」ではなく、馬鹿そのものだ。しかし、全部が思い違いであったほうが有り難い。見えない影に怯えるよりは、自分が愚かな臆病者であったほうが余程、いい。

(そういうことにしちゃおうかなあ)

多少、惨めな感じはあるが、恐怖から解放されるなら、惨めさなんて安いものだ。これですべてが落ち着けば、数年後には、馬鹿話として笑って話せるようになる。

ぼんやりと外の景色を眺めつつ、彼女はふと、無意識に自分の右肩を手で払った。微妙な違和感が肩にある。清美はもぞもぞと肩を動かし、そののち、怒った顔をして、電信柱から突き出している細長い街灯に視線を向けた。

目に光は映っていたが、清美の五感はそれを捉えてはいなかった。彼女は肩の違和感に全神経を集中していた。

重みがある。

(何)

実際に、何もないことは確認済みだ。しかし、皮膚と筋肉は、そこに異物があると訴えていた。

(人の手みたい……)

彼女は思った。

(そんなことを思ってはダメ)

慌てて、彼女は打ち消した。

重みは消えない。

(気のせいよ)

たった今、自分の臆病に呆《あき》れたばかりではないか。再度、囚われてはならない。

しかし。

(誰かが、後ろから手をかけている……そんなことを思ってはダメ……少し湿った男の手……そんなことを思ってはダメ……体温を感じる……)

「錯覚よ！」

喚き、清美は部屋に飛び込んだ。激しい音を立てて窓を閉め、藻掻《もが》くようにシャツを脱ぐ。服には何もついてなかった。彼女は歯を食いしばり、着衣のすべてを脱ぎ捨てて、乱暴に風呂場の扉を開けた。

これ以上、怯え続けるのは耐えられなかった。

誰かが侵入していると錯覚したとき、彼女は怒りを感じたはずだ。

——ここは、この部屋は自分のものだ。

その感情は、見えない恐怖に向けられてもいいはずだ。

過去の因縁は見出せない。

現象のほとんどは錯覚だ。

部屋に、通り魔なんて、いない。

新里の本にあった一文に、心で首を振り続けたのも、この部屋に愛着があるからだ。

お金と時間をつぎ込んで、精一杯、コーディネイトした〝我が家〟。

恐怖に心を竦ませながらも、この部屋で暮らし続けているのは、明確な原因を不動産屋に突きつけられなかったからではない。いつか、恐怖は消えるという期待を捨てきれないからだ。

なのに、このままでは追い出される。また、泣きながら外に出て、惨めに震えなくてはならない。

(そんなのはもう、耐えられない)

すべて気のせいなのだから、絶対、気のせいなのだから、己の心に負けてはならない。

『203号室』は自分のものだ。

暫く使ってなかった風呂場は、空気が重く濁っていた。彼女は風呂の戸を開けたまま、勢いよくシャワーを浴びた。

目を閉じ、聴覚を水音で満たすと、遮断された気配が気にかかる。

誰かが見ているのではないか。誰かが近づいているのではないか。

清美は恐怖の一々を懸命の努力で振り払い、普段よりむしろ時間をかけて、丁寧に髪と体を洗った。

風呂場が怖いのは、自分が無防備になるからだ。水音に聴覚が遮られ、シャンプーと洗顔では裸のまんま、目を閉じていなければならないからだ。

(そうよ。それだけ。今までだって、風呂場では何もなかったじゃない)

変なことが起こったのは、隣のトイレのドアだけだ。

「馬鹿なことは考えない!」

清美は口に出して、怒鳴った。そしてヒステリーを起こしたように、軽石で踵をごしごし擦った。

そんな意思が通じたか――。風呂の中でも、風呂から出ても、何も起こりはしなかった。

指がまた、鈍い痛みを訴えてきただけである。

彼女は深く吐息を漏らした。

じわじわと笑みが浮かんでくる。清美は小さな勝利に酔った。

「やっぱりね。怖いことなんか、何もない」

彼女はバスタオルを体に巻いて洗面台の前に立ち、自分の顔を鏡に映した。やつれた顔はそのままだったが、唇は明確に微笑していた。化粧水をつけながら、彼女は鏡を覗き込み、寝不足で青黒くなった目の下を軽くマッサージした。

(今晩からは、眠れるはずよ)

そうなれば、ボロボロの肌も、老けた顔も元に戻ってくる。

今度、新里に会うときは「見違えたね」と言われて、そして、自分は「全部、私の錯覚だった」と照れ笑いをして告げるのだ。

小さな勝利は、全体に繋がる。自分をがんじがらめにしていた恐怖からの解放感に酔い、清美はドライヤーのスイッチを入れた。

濡れた髪が大きく靡《なび》く。それを映した鏡像の背後を素早く、何かが過ぎった。驚く暇もなく、鏡が揺れた。

清美の顔の映った位置に、一瞬、手形が張りついた。仰《の》け反《ぞ》った体から、タオルが落ちる。

同時に軋るような音を立て、ドライヤーが火を噴いた。

17

七月に入った途端、気温が上がった。

真夏というにはまだ間があったが、少し体を動かすと汗ばむ陽気が続いていた。湿度が高い。特に空調のない室内は、じっとしていても素肌がべたついた。

郷里はこんなことはなかった。どんなに暑くても、日陰に入れば、風は爽《さわ》やかで心地好かった。

清美は床に寝転んで、湿った首筋を手で撫でた。指先に触る項の毛が、束子《たわし》のようにザリザリしている。

もう二度と、ドライヤーは使いたくなかったから。

焼け死んだ髪がごっそりと、抜けるのを見るのは嫌だったから。

彼女は髪を刈り上げて、ベリーショートに変えてしまった。

元々、自慢するほどの美しい髪だったわけではない。しかし、自分の一部を意思に反して失ったのは悲しかった。

彼女は横になったまま、微かな汗に濡れた自分の手を見た。

怪我をしてから、ひと月以上が経っている。痛みは治まったが、傷ついた関節は変色し、妙な具合に固まってしまった。骨を痛めていたのかもしれない。指の節は不揃いに醜く、太くなっていた。

背後のテレビが、芸能人の電撃結婚を伝えている。男のほうは、ファンだったアイドルだ。聞いて、瞳を動かすと、蠅が目の前を過ぎっていった。

彼女は溜息をついた。

台所には、食い散らかしたコンビニ弁当の空き箱や、空のペットボトルが山積みだ。ゴミ箱も溢れ返っている。

前回、掃除をしたのはいつか。服を洗濯したのは、いつか。清美は思い出せなかった。

不潔にすれば、虫が湧くのは仕方ない。変な臭いも当然、する。それが当たり前となってしまえば、一々、虫だの異臭だのに神経を尖らせないで済む。

天井の染みは大きくなったが、まだ気のせいで済む程度だ。この間は、窓のサッシに溢れるほど水が溜まっていたが、湿度による結露ということで、無理矢理、決着をつけてしまった。

頭の芯がずっと熱を持っている。痩《や》せてきたのは嬉しかったが、皮膚につやがないことは、腕を見ただけでわかっていた。

彼女はビーズクッションを抱き、乱暴に大の字に寝転んだ。スカートの裾が、腿《もも》までめくれる。

(いいわよ、別に。ここは私の部屋だもの)

清美は不機嫌に鼻を鳴らした。

親に電話を掛けたのは、髪を〝燃やされた〟後だった。彼女は涙を堪えつつ、ここから出たいと訴えたのだ。

「どうしてよ。あんた、そこ、気に入って借りたんでしょう」

母はいつも、やや高圧的だ。娘の声が切羽《せっぱ》詰まっていることも、彼女は気づいてくれなかった。

「この部屋、気味悪いのよ」

一番近い血縁だからこそ、清美は素直に感情をぶつけた。

「幽霊がいるの。眠れないのよ！」

親戚が幽霊を見たと語ったとき、母はしんみりとした表情をして、話を全面的に信じた。だから、娘の幽霊話を信じることも可能なはずだ。しかし、母は一笑に付した。

「何、馬鹿なことを言ってるの。そんなの、気のせいに決まっているでしょ。あ、わかった。あんた、寂しいんでしょ。独り暮らしを始めたことを後悔しているんでしょ」

「違う。お母さん、本当に……」

「それより、清美？　東京に出て、夜遊びばかりしているんじゃないでしょうね。大学にはちゃんと行っている？　夏休みは帰ってきて、成績表を見せなきゃダメよ」

「……お母さん」

「悪い仲間なんかとつきあったりしていないでしょうね。この間、テレビでやっていたわよ。渋谷辺りで合法ドラッグっていうの？　キノコとか芥子《けし》とか簡単に手に入るっていうじゃない。あんなものに手を出したら、人生、もうおしまいだからね」

——人のことを見ないのは、都会ばかりとは限らない。

清美はその日一日中、泣いて、親を罵った。そののち、彼女はどうにもならない無力感に囚われた。

大学もずっと休んでいる。前期の試験はもうダメだろう。

（人生をおしまいにするのは、クスリばかりじゃないのよ、お母さん）

「いっそ、家に帰っちゃおうかな……」

あの鈍感な母親も、今の自分の様子を見れば、事情を理解するのではないか。

（でも、その前に新里くんと、もう一度、会って話がしたい）

清美は思った。

やはり、彼のことが好きなのだろうか。

最後に話をしたときの優しげな目許の印象ばかりが、清美の中に残っている。特に大学を休み始めてから、清美は新里のことを折々考えていた。

（本も返さなくちゃ。声が聞きたい。だけど、彼は私のこと、どう考えているんだろ。嫌われているとは思わないけど、どうでもいい存在なのかな）

結局のところ、清美は未だ新里の携帯電話の番号を知らない。「何かあったら、電話をくれ」と随分前には言っていたのに、自分の番号も教えなければ、彼女のそれを訊きもしない。

（希薄な繋がり……）

カーテン留めがぽとりと落ちた。

清美は無視して、寝返りを打った。この季節になると、毛足の長いカーペットは暑苦しい。取り払ってしまいたいが、今はその元気もなかった。

点けっぱなしのテレビで、ドラマが始まる。

これが始まったということは、時刻は四時だ。

台所の隅がピシッと鳴って、ここからは見えない蛇口から、細く水が流れ出した。

「気にしない。気にしない」

彼女は口中で呟いた。

気になるのは水道代だけだ。水が出続けるようだったら、蛇口を締めにいけばいい。

暫く目を瞑っていると、水音は小さくなり、止んだ。

清美はにんまりと口を歪めた。些細な出来事にはもう、慣れた。慣れれば、そのほとんどは益も害もないものだった。いつか、無理矢理こじつけた合理的な「屁理屈」を鵜呑《うの》みにしているわけではない。だが、心霊ナントカだろうがなんであろうが、実害がなければ構わない——。彼女はそんな気持ちになっていた。

(私も悟ったもんだわね)

遊園地のお化け屋敷なら、自らテンションを高くして怖がったほうが面白い。けれども、そのテンションを日常に持ち込んでは身が保《も》たない。

(もう少ししたら、慣れるはずだから。そうしたら、きっと元気も出るわ)

彼女は体の力を抜いた。うたた寝に入る態勢だ。

表面的には平静を取り戻したつもりでも、不眠はずっと続いていた。無害と見切った物音も、眠ったのちは容赦なく、神経を脅《おびや》かしてくる。なんの気配を感じなくても、彼女は何度も目を覚まし、息を凝らしては四隅を見つめた。部屋に感じる雰囲気は、昼も夜も変わらない。だが、やはり夜のほうが恐ろしかった。

電気とテレビを点けたままにして寝ても、闇の深さは皮膚そのものが知っている。それでもたまさか眠りに入れば、必ず嫌な夢を見た。

誰かに追われ、激しく罵られる夢だ。

状況はその都度、変化していたが、最後は必ず摑まって、殴られたり、首を絞められたりした。それで飛び起きると、暴力を受けた箇所が実際に、痛みを訴えていることもままあった。

夢は昼でも見る。しかし、その感覚もやはり、夜のほうが生々しかった。

今はまだ、四時だ。最近は、七時近くまでは太陽が出ている。彼女は六時半に目覚ましをセットして、束の間の仮眠を得ようとした。

引き込まれるように意識が遠のく。進んで、そこに身を投じると、混濁した意識が形を成して、彼女を追いかける影に変わった。

（ああ、また）

微かに思ったものの、振り払うことは適わなかった。彼女は暗い畦道《あぜみち》を全速力で逃げていた。畦道は郷里の風景だ。小学校時代の通学路だ。彼女は真っ暗なその道を、小学生に戻ったように、手放しで泣きながら走っていった。

「お母さん！　お父さん！」

助けて。清美、摑まっちゃうよ。

「……よくも、よくも」

後ろから、押し潰した声が迫ってきた。

「……お前だな」

「……お前だったんだな。許さねえ」

「何がよおっ！」

清美は叫ぶ。背後から腕が伸びてきた。

「……いい加減にしろ。殺してやる」

背中の辺りが明るくなった。清美は残った自分の髪が、赤く燃え上がるのを知った……。

「やめてえっ！」

絶叫して、清美は床を転がり逃げた。這いずりながら数歩進んで、彼女は自分がアパートの床を這っていることに気がついた。

彼女はその格好のまま、震える手で自分の髪に触った。燃えてない。髪はちゃんとある。辿々《たどたど》しい指先で、額から襟足まで確認すると、こめかみと脇の下から、床に滴るほどの冷や汗が流れた。

ショックで血圧がどうにかしたのか、耳の奥がじぃんと鳴った。清美はその場に蹲り、笑うように歯を見せた。

心臓が激しく鳴っている。

(馬鹿みたい。夢よ、今のは夢)

昼間見る夢にしては強烈だったが、現実ではないことには変わりない。

言い聞かせても、鼓動はますます激しくなり、耳鳴りと同調していくばかりだ。清美は首を振りかけて、改めて戦き、半身を起こした。

激しい音は、ドアのほうから聞こえていた。

「開けろよ!　開けねえと承知しねえぞ!」

粗野な声はあまりに明確だ。

(これも夢?　違う、この声は隣の男だわ)

思い至ると同時に、彼女は走って扉に向かった。隣人も、さしてまともとは思えない。

だが、少なくとも、彼は目に見える。たとえ、何らかの悪意を受けても、彼ならば法律が適用できる。最悪、男が変質者で、殺されることになったとしても、自分が殺されたという事実は、現実に認知されるはずだ。彼女は思い、鍵を開いた。

いや、実際、そこまで冷静に計算できたわけではない。清美は単に怖かった。今、この悪夢の余韻から連れ出してくれる存在ならば、誰でも、なんでも良かったのだ。

息を切らせて扉を開くと、酒臭い息が流れ込んできた。彼女は反射的に眉を顰めつつ、男の背後に目をやった。

外は既に真っ暗だった。

「毎晩、毎晩、うるせえんだよ！」

男が怒鳴った。

(今、何時？)

時計のアラームは鳴らなかったのか。

彼女は僅かに狼狽《うろた》えて、背後のテレビの音に気づいた。テレビはいつも点けっぱなしだ。

その音が隣に響くのか。

「ごめんなさい。これからはテレビの音は絞ります」

「テレビぃ？　ばっかやろう、ふざけんな！」

素直な謝罪に、男はますます、青筋を立てて怒鳴り始めた。

「毎晩、殺すの出ていけの。大喧嘩ばかりしてんなら、とっとと別れりゃ、いいだろう⁉︎　相手の男はどこ行った。男を出せよっ！　おい、出てこい！」

彼は清美の背後にがなった。

聞いた瞬間、足から力が抜けた。清美はドアに摑まると、泣きそうな声で訴えた。

「うちには私以外、誰もいません」

「ふざけんな！」

男は清美を突き飛ばし、土足のまま部屋に上がり込む。そしてトイレから押入れ、ベランダと、すべての戸を開け放ち、ちっと激しく舌打ちをした。

「誰も、いないわ……」

苛立った男の背に、彼女は囁いた。男は疑いの眼差しで清美を上から下まで眺め、また荒々しく部屋の外に出る。

「いいか。これ以上、やかましくするなら、俺がお前を殺すからな」

去り際の言葉は、喧嘩慣れした者特有のドスを帯びていた。隣室の扉が激しく閉まる。

清美はそのままずるずるとしゃがみ込むと、嗚咽を漏らした。

「そんな人、部屋に、いないもの」

あれは夢だ。

あれは、錯覚だ。

夜毎、自分を責め立てて、殺すの出ていけの喚く男は、この現実には——存在しない。

18

雑巾を何度も絞り直して、泥を拭く。

泣き腫らした目をして、清美は黙々と床の掃除をしていた。

男が土足で歩き回ったせいで、床はどこも汚れていた。本当ならばまず、掃除機をかけたいところだが、時刻は午前一時近かった。ここで掃除を始めれば、隣の男のみならず、階下の人にも怒られるだろう。

(下に住んでいる人も、うるさいって思っているのかな)

階下に響く足音は、自分ひとりだけのものなのか。

彼女は考え、かぶりを振ると、掃除に神経を集中させた。体のだるさは取れてない。しかし、清美は体を動かした。元々、掃除は嫌いではない。彼女は勢いづいた様子で、床掃除の後にゴミを整理し、洗剤でキッチンを磨いていった。

清潔になるに従って、部屋が明るくなってくる。

（埃やゴミと一緒に、部屋にいるものも、いなくなってしまうといい）

そんな願いを無意識に込め、彼女はキッチンを強く擦った。

体を大きく動かすと、鳩尾《みぞおち》の辺りが鈍く痛んだ。夕飯を食べていないので、胃が空腹を訴えているに違いない。彼女はクッキーを取り出して、頬張りながら、掃除を続けた。

（キッチンが一段落ついたら、カップラーメンでも食べよう）

どんなに怖くても、食欲があるなら、まだ大丈夫だ。動かない体を動かしたことで、むしろ内臓は活発に動き始めているようだった。

清美はまた、クッキーを口の中に放り込んだ。痛みは一時的になくなる。

しかし、完全には治まらなかった。

ラーメンを食べても、お茶を飲んでも、鳩尾は間隔を置いて、重苦しい痛みを訴え続けた。そして時間が経つほどに、痛みは増し、その間隔も狭まって清美を責め立てた。

明け方近く、トイレに入って、彼女は吐いた。下痢もした。お蔭で胃腸は空になったが、それでも腹痛は治まらなかった。

彼女は家から持ってきた整腸剤を捜して飲んだ。祖父母の代から愛用している「陀羅尼助」は、大抵の腹痛をすぐに治してくれる。けれども、今回はダメだった。「陀羅尼助」

は黒い粒のまま、すぐに胃液に交ざって出てしまった。

腹痛は激しくなる一方だ。

時刻は明け方の五時近くなっていた。

(朝になったら、病院行こう)

彼女は時計を睨んだまま、脂汗を流して腹を押さえた。

(負けるもんか)

清美は呻いた。

胃が痙攣したように、ひくっと動く。清美は歯を食いしばり、

「負けないわよ」

口に出して、呟いた。

時計は、五時十五分。

病院が開くのは、七時か、八時か。どこの病院に行くべきか。

彼女は床に倒れて丸まった。ぎりぎりと締めつけてくるような激痛が喉までせり上がってきた。なんだか、意識が混濁してきた。

(ああ、だめ。このまま朝まで待ったら、死んでしまう。あいつの思うとおりになるわ)

「あいつ」とは、誰のことを指すのか。

刹那、倒れた自分の顔を、見知らぬ男がニヤニヤ嗤って覗き込んでいる図が、脳裏に浮かんだ。

清美は荒い息を吐き、立ち上がると携帯電話を取った。そして、壁に何回もぶつかりながら外に出て、生まれて初めて『119』のボタンを押した。

――担架で運ばれたときは確かに、このまま死ぬのではないかと思った。

しかし、清美の症状は注射一本で治まってしまった。

「大腸炎ですね」

ありきたりの病《やまい》なのか、医者はつまらなそうな口調で言った。

「はっきりとした原因はまだ、解明されてないのですが、主にストレスと言われています。心当たりはありますか？」

「沢山」

清美は呟いて、曖昧な様子で微笑んだ。

（先生、私の住んでいる部屋に、お化けがいるんです。そいつがありとあらゆる手段で、私のことを苛《いじ》めるんです。物凄《ものすご》いストレスなんですよ。気が狂わないのが不思議なほどに）

そんなことを語ったら、それこそおかしいと思われる。別の科を持つ病院に紹介されてしまいかねない。

（全部、妄想なんだから）

――客観的な視点で見れば。

（おかしなことを言ってはダメよ）

彼女は気持ちを引き締めた。

（常識的に。普通に振る舞うの）

「ちょっと、対人関係でトラブって」

彼女はひとつ、息をつき、

「あの、それで最近、眠れないんです。だから余計にストレスが溜まってしまったのかもしれません」

医者は清美の顔色を見た。疑うまでもなく、半病人に近い顔をしているに違いない。

「対人関係は難しいですよね」

医者は物わかり良く頷いて、

「大腸炎の薬は出しますが……どうします？　軽い睡眠薬も処方しますか？　ちゃんと睡眠を取らないと、体力が保たなくなりますからね」

「夢も見ないで、眠れるやつを」

間髪《かんはつ》入れずに、清美は言った。

医者は鷹揚《おうよう》に微笑んで、

「夜が明けるまで、病院のベッドで寝ていきなさい」

なおも優しい言葉をくれた。

19

種類はよくわからなかったが、医者のくれた薬はよく効いた。清美はその日からまさに、夢も見ないで熟睡した。

(こんなふうに眠れるんだったら、もっと早く医者に行けばよかった)

姿なき悪意は未だ、夜中に怒鳴っているのだろうか。隣人が何も言ってこないところを見ると、それも収まったと見なしていいのか。

(私の寝言だったりして)

彼女はそんな推測もした。

まったく、眠りというのは偉大だ。睡眠が取れるようになると、体力もめきめき戻ってきたし、考え方も前向きになった。

細かい異変は相も変わらず、部屋の中で起こっていたが、そんなものにはもう慣れた。

「気にしない。気にしない」

口癖になった言葉を彼女は呟き、なるべく部屋を掃除して、なるべく外出するように努めた。

ベリーショートの髪形も工夫次第で案外、お洒落だ。ポップな感じの服装や、赤い口紅がよく似合う。健康な肌を取り戻せば、容姿にも自分なりの自信が出てきた。

彼女は久々に大学に出た。

単位はもう諦めていたが、医者には後日、診断書を書いてもらった。それで病欠が認められれば、後期の授業で取り返せるものも出てくるはずだ。

夏休み前に大学に来たのは、単位以外にも理由があった。

(新里くんと話がしたい)

結局、彼とは大した縁もないようだったが、気に掛けてくれたことに対して、何か言葉は返したかった。

自分でも律儀だと思う。そこにまだ、義理以外の甘い感情があるのかどうか、彼女に見極めはつかなかった。

借り続けていた本を持ち、清美は必須科目の講義室に入っていった。新里は大概いつも、後ろの席に陣取っている。彼女はそこに近づくと、背後から明るい声を放った。

「新里くん」

振り向いた顔には、予想以上の驚きがあった。彼は一瞬、清美を誰だかわかりかねた様子を見せて、その正体に思い至ると、一層、驚愕を露《あらわ》にした。

「すっげー、イメチェン。どうしたの？」

清美はうふふと含み笑って、彼の隣に腰を下ろした。

「気分転換したくてね。あ、そうそう。長い間、本をありがとう」

新しい紙袋に入った本を渡すと、新里は斜めに首を傾げて、僅かな逡巡ののちに尋ねた。

「部屋の様子は最近、どう？」

「平気」

清美は即答した。

「でも、本気で体調、崩しちゃって。それで暫く休んでいたのよ。ストレスで不眠症になったんだけど、それも薬をもらったら、ちゃんと眠れるようになったわ」

「で？　お化けはまだ出る？」

「気にならないわ」

ごく正直に、彼女は答えた。新里はそう聞くと、うんうんと寛容な態度で頷いて、いつか見たような優しげな眼差しをして、彼女に笑んだ。

「良かったよ。カウンセリングに連れてかなきゃならないかと思ってた」

「え？」

「幻覚、酷かったじゃないか。一時期はマジでヤバイと思ってたんだ」

なんのためらいもなく、彼は喋った。

清美の口角がぴくりと上がった。顔が強張ったのが、自分でわかる。

「……信じてなかったの？」

「もちろん、信じてたよ。お前の恐怖は本物だったし。だからこそ、ね」

彼女の顔色に気づいたか、新里の口調から勢いが減じた。腰が引けているのがわかる。

清美は精一杯の陽気さを装い、勢いをつけて椅子から立った。

「心配してくれてアリガトね」

後ろは振り向かなかった。

講義室から出ると、清美は踵を打ちつける勢いで外に出た。怒りがあった。それから屈辱と、情けなさと。

（私のこと、頭がおかしいって思っていたんだ……）

だから、あんな優しげな、弱者を見るような眼差しで、彼は自分を見つめていたのだ。

そんなことも気がつかず、何を彼に期待したのか。

脱力感だけが募ってくる。

(だけど、新里くんは悪くない。馬鹿だったのは、身に起こったことをベラベラと喋ってしまった私のほうよ)

男の足が見えたとか、マットが勝手に濡れていたとか。あんなことを真面目に語ったら、おかしいと思われても仕方ない。

(精神分裂……最近は統合失調症っていうんだっけ)

名前を変えても、中身は同じだ。彼は私の見たものを確かに「幻覚」と言い切った。

(何が心霊現象よ)

歯噛みするごとく、清美は呻いた。

(何が、信じているよ。馬鹿野郎!)

リアリティなど、彼は欠片《かけら》も持っていない。いいや、ほとんどの人間にとって、そんなものは夏の風物詩、B級の娯楽でしかないのだ。

見ない。

見えない。

見る気がない。

見えない男など、いない。

それが社会の常識だ。

ならば、自分の見たものは、どこの世界のなんだというのか。隣の男が聞いていた怒鳴り声は、誰のものなのか。

(私だって、何回も幻覚だって考えたわよ。そう思おうと努力したわよ!)

しかし清美の〝現実〟は、それを許しはしなかった。

認めて話すことも許されず、認めないことも許されず、自分はどうしたらいいというのか。このまま念仏のように「気のせい」と言い続け、どこまで、いつまで堪えられるのか。

あらゆるものから逃げ出すように、彼女は小走りに道を辿った。

大学から小さな繁華街、駅前の道を横切ると、突然、肩を叩かれた。清美はひっと息を呑み、飛びすさりながら後ろを向いた。

過敏な反応に目を丸くして、ゆき子が手を上げたまま固まっている。いつの間にか、ドラッグストアの前を通っていたらしい。彼女は制服を着けたまま、清美を路地にひっぱり込んだ。

「キヨちゃん。一体、どうしたの?」

質問の意味は、色々なところに掛かっているのだろう。ゆき子は清美の髪を見て、それから顔色を窺って、形の変わった指を眺めた。

相変わらず豊かな表情が、百パーセントの心配を湛えている。その奥に飽くことのない好奇心とお節介が漲《みなぎ》っているのは知っている。しかし、彼女の表情は——女優ゆえか、真に迫って、清美を案じているようだった。

清美は小さく息を吸い、無難な言葉を選ぼうとして、果たせず、瞳を細かく揺らした。

「幽霊みたいな顔してる」

彼女の眉間が皺を刻んだ。清美はその言葉に打たれたごとく、唇をわなわなと震わせた。

「私？　私が、幽霊みたい？」

いきなり、大粒の涙が零れた。

ゆき子は益々目を見開いて、大きく左右にかぶりを振ると、無言で彼女を抱きしめた。

「何かあったのね、辛かったのね」

思いやりの籠った台詞と挙動は、洋画のワンシーンを思い出させる。清美はオーバーなアクションに微かなこそばゆさを感じながらも、腕の温もりが嬉しくて、暫くの間、しゃくり上げた。

小さな怪異に慣れたというのは、自分を騙《だま》すための大嘘だ。

清美はずっと怖かった。ずっと怖くて、心の中では蹲って震え続けていたのだ。

（誰か、助けて）

ゆき子の腕は、張りつめていた清美の気持ちをある意味、慰め、ある意味、挫《くじ》いた。彼女はまた、誰かと恐怖を分かち合いたい気持ちに負けた。

——「アパートの部屋に、幽霊がいるの」

もう少し表現は辿々しく、婉曲的な感じだったが、清美は彼女に事情を話した。泣き止まない清美を知って、ゆき子はわざわざ休憩を繰り上げ、彼女を慰めてくれたのだ。自分にとっての真実を言うのは正直、恐ろしかったが、清美は縋るような気持ちで語った。

ゆき子は否定しなかった。

彼女は清美の体験を切迫した事実と認定し、同情したり、怒ったりした。

「髪を燃やすなんて、酷い。そんなとこ、さっさと越しちゃえばいいのに」

「できないの。自分で引っ越すお金もないし、親は事情をわかってくれないし」

「だけど、このままじゃ危険でしょ」

「幽霊とか、信じるの……？」

恐る恐る、清美は尋ねた。ゆき子は悪戯そうに微笑んで、

「私、これでも結構、見るのよ」

やや、得意げに顎《そ》を反らした。

（新里くんと同類なんじゃ）

あまりに屈託のない表情に、清美はかえって不安を抱いた。しかし、ゆき子の提案は新里のそれとは異なっていた。

「部屋に、御札《おふだ》貼ってみたら？」

「御札って」

「厄《やく》除けか、災難除けってやつ。神社とかお寺にあるでしょう。どっちでもいいから、キヨちゃんが気持ちいいって思うところに行って、御札を貰って貼ってみたら？」

「でも、私、神社とか全然知らないし」

やや戸惑いを覚えながら、清美は小さく首を傾げた。

「だったら、私がよく行く神社を教えてあげる。その神社、すごくパワーがあるのよ。私もそこのお守りを部屋の中に置いてるの」

熱を帯びた調子で、ゆき子は語った。

（アヤシイ宗教？）

清美は一瞬、警戒したが、疑いはすぐに却下した。ゆき子が示した神社の名前が、ここからさほど遠くない、普通の神社のものだったからだ。

「わかった。これからすぐ、貰ってくる」

彼女は大きく頷いた。

胸に支《つか》え続けていた、しこりがストンと落ちた気がした。御札という存在の頼もしさもさりながら、今度こそ、自分の体験を受け止めてくれる存在を得て、清美は収縮しきっていた心が解けていくのを感じた。

(最初から、彼女に相談すれば良かった)

「事態が収まったら、教えてね」

そろそろ戻らなきゃ、と時計を見て、ゆき子が力強く肩を叩いた。清美はもう一度、大きく頷き、今度は軽い足取りで、小走りに神社に向かっていった。

20

「どこに貼ったらいいのかしら」

表札ほどの御札を持って、清美は部屋中をうろうろ歩いた。故郷の家では、御札は神棚に納まっている。そういうもののない空間では、どこに置くのが適当なのか。

(神主《かんぬし》さんに訊けばよかった)

後悔したものの、仕方ない。とりあえず、高いところに貼るのは間違いないだろう。彼女はしばし迷った末に、ベッドの頭の上に貼ることにした。

セロテープを長く伸ばすと、天井の染みに紙袋を貼ったときの記憶が甦る。

同時に、部屋の隅が立て続けに二度、乾いた音を響かせた。

「だめだめ、忘れて。気にしない」

清美は素早く呟いて、剝がれることのないように、べったりと御札を貼りつけた。

「これでよし、と」

白い壁に貼られた御札は、見るからに頼もしげだった。

受験生のとき、合格祈願はしたものの、清美は今まで神仏をまともに信じたことはなかった。しかし今は違う。信じられる——というよりは、最早、信じるほかはない。

(苦しいときの神頼み、か)

まさか、こんなことわざが骨身に沁みるときが来ようとは。

彼女は僅かに苦笑してのち、御札にしっかりと両手を合わせた。

部屋の中の異常そのものは、ずっと小康状態だ。これで完全に怪現象が治まって、薬で眠りが確保できれば、恐れるものは何もない。

——部屋は、私のものになる。

思いは今だ希望に近いものではあったが、清美は肩の力を抜いた。そして両手を高く上げると、そのままベッドにダイブした。

もちろん、今日からすべての不安が完全に、払拭《ふっしょく》されるとは思っていない。しかし、このまま何事もなければ、薄紙を剝がすように一日一日、生活は明るさを取り戻す。そうなれば、自分は改めて独り暮らしを享受できよう。

(そうなりますように……そうなるはずよ)

彼女は仰向けになったまま、何度もちらちらと御札を見上げた。

御札は頑丈に貼りついている。

壁に御札を貼って以来、部屋は静まり返っている。いつも当然のように聞こえていた、家の軋みも聞こえない。

清美はその静謐《せいひつ》を、むしろ緊張して窺った。

信じるほかないと思いながらも、疑う気持ちは残っている。今までの経験から言って、相手はこちらが気を抜いた瞬間、怪異を引き起こすのだ。

ここで一気に、解放感に浸りきるのは危険なことだ。

四肢を伸ばして俯せたまま、彼女は耳をそば立てた。

五分。十分。二十分。

なんの気配もない。

しかし。

清美は薄く瞬きをした。

自分の神経のみならず、部屋の空気全体がひどく張りつめて思われた。空気が圧力を増して、膨らみ続ける風船のような緊張を漲らせている。

清美は御札に目を向けた。異常はない。だが、沈黙は——深すぎる。

外の漫然とした雑音も、時計の針の音も聞こえない。

それに気づいて、息を呑み、彼女はベッドから体を起こした。

途端、空気が崩れ、動いた。

金切り声に似た音を立て、壁が長い軋みを響かせた。清美が床に足を下ろすと、それにタイミングを合わせたように、ローテーブルが躍り上がった。

押入れの引き戸が一気に開いた。電気の笠が大きく揺れる。彼女は床にひっくり返った。

床までが、突き上げるように揺れていた。

あらゆる所から物が飛び出してくる。ソファベッドが足踏みしながら、彼女のほうに迫ってきた。突き上げてくる振動に、食器が落ちて、粉々に砕けた。

地震だ。

今度のこれは、鼠の足音の錯覚ではない。

清美は頭を抱えて、悲鳴を上げた。震度五か、六か。地震の多い東京でも、これが普通というわけではなかろう。

為す術《すべ》もなく蹲り、どれほどの間、堪えたか。パニックを起こした清美を余所に、揺れは徐々に静まって、やがて恐ろしい鳴動は絶えた。

電気の笠はまだ、揺れている。清美はそっと頭を上げて、まず最初に御札を確認した。剝がれていない。

吐息をついて、彼女は床に落ちているリモコンを拾うと、テレビを点けた。

(今の……本当の地震よね)

地震速報のテロップが出るのを、息を詰めて待っていると、外の廊下からざわざわと人の騒ぐ声が聞こえてきた。

今の地震で、住人達が飛び出してきたに違いない。ざわめきは慌ただしい足音を交えて、廊下を右往左往する。その中のひとつが駆けてきて、彼女の部屋をノックした。

「大丈夫ですか！　無事ですかあ⁉」

「だ、大丈夫です！」

裏返った声を張り上げて、清美は扉のほうに向かった。安否を気遣う男の声で、彼女は地震が本物であったと知って、むしろ安堵した。

「すごい地震でしたねえ」

まだ少し震えている足を叱咤《しった》して、清美は部屋の扉を開けた。

笑顔を向けた先には誰も——誰も立っていなかった。

外は真の闇だった。

まだ、夜は来ていないはずだった。たとえ、日暮れののちであっても、景色はそれなりに明るいはずだ。廊下の電気と外灯と、家の常夜灯が闇を照らしている。

なのに、真の闇しか見えない。そうして、完全な沈黙しかない。

部屋から漏れ出す明かりのみが、申し訳程度にコンクリートの廊下を浮き立たせていた。

清美は慌てて、ドアを閉ざした。

振り返ると、割れた食器や動いた家具はそのままだ。先にある窓も、夕暮れには遠い空を映している。

テレビはCMを流している。

すべてが、幻だったわけではない。

彼女は視線を上に向けた。

御札は、どこにも見当たらなかった。

21

地震速報はいつまで経っても流れなかった。

彼女はじっとり汗ばんだ手で、ドアのノブを強く摑んで、残りの手でショルダーバッグのストラップを握り締めていた。

(ここから逃げ出さなくてはならない)

この部屋に慣れる日など来ない。そのうち、どうにかなるなんて考えた自分が馬鹿だったのだ。

「そのうち」などという日は来ない。

たとえ、ここに独り暮らしの夢が全部、詰まっていようと、このまま狂っていくよりはホームレスになったほうがまだ、マシだ。

彼女は部屋を出る決意を固めた。

しかし、ノブを回すのは、気が遠くなるほど怖かった。

扉を開けたときの漆黒《しっこく》——あの暗闇をもう一度、体験する恐怖を圧《お》して、外に出るのは勇気が要る。

浅い呼吸が、掠れた喉から暫くの間、吐き出され続けた。

心臓が、口から飛び出しそうだ。

背後の窓は昼を映している。この扉を再び開いて、あの闇黒《あんこく》と向き合うよりは、このまま部屋に居続けたほうがいいのではないか。

部屋の中は、滅茶苦茶なままだ。食器の欠片が散乱している。できれば、片付けたい。しかし、御札は消えてしまったのだ。ここは少しも安全ではない。

(出なくちゃ。ここから逃げるのよ)

(だけど、外はどうなってるの？)

ノブを握りしめた手は、凍りついたごとく動かなかった。『203号室』と外との狭間で、彼女は身動きも取れずに震えた。

その背中を押したのは、ほかならぬ怪異そのものだった。

床に砕け散った食器が、微かに触れ合う音が聞こえた。肩を回り込むようにして、黒い小蝿が軌跡を描き、清美の目の前、薄水色に塗られたドアの上に留まった。

耳の後ろで羽唸りがした。清美の息がせり上がる。目の前を虫が這いずり回った。彼女はノブを強く捻った。瞬間、羽音が大きくなった。

ドアを開ける。闇だ。耳の後ろで、小蝿がわんわん言っている。

振り向き、清美は背中から倒れるようにして、外に出た。

出ようという明確な意志があったわけではない。ただ、天井にできた染みから湧き出す数え切れない虫の塊が、彼女を仰け反らせ、外に押し出したのだ。

小蝿は、逆さまに吊るされた人を形取《かたちど》っていた。

激しく廊下に転んだ途端、昼というスイッチが入ったごとく、景色が光と色を取り戻す。

清美は激しく瞬きをした。

小蝿が散った。

「うわあああぁぁ！」

耳許で突然、誰かが怒鳴った。

彼女はドアをそのままに、声も立て得ず、逃げ出した——。

22

そして、彼女は電車に乗った。

新宿でも池袋でも、行き先は、繁華街ならどこでもよかった。清美はもう二度と、あのアパートに戻りたいとは思わなかった。

彼女は吊革をきつく握った。最前までの恐怖が今だ、体の芯を戦慄かせている。吊革に摑まったまま、清美は強く目を閉じた。

吐き気がする。鳩尾の辺りにしこりのような痛みを感じた。また、大腸炎がぶり返したか。薬は部屋に置いてある。

だが、あの部屋に戻るよりは、このまま倒れて病院に運ばれてしまったほうがいい。東京の電車の常として、いつもどおり、車内は混んでいる。夕方から街に出て、遊ぶ人達も大勢いるのだ。

混んでいる電車は、人間同士の距離が近くて不愉快だった。東京の人は見ず知らずの他人とべったり接触していても、気持ち悪いとは思わないのか。

見ない。見えない。接触している人までも、無視するのが都会というものか。

清美は嫌だった。だがしかし、独りの部屋で見えない悪意に触れられているよりはマシだった。

彼女はぼんやりと、視線を揺らした。

前の座席に座っている女の姿が、目に映る。異常に濃い化粧をした四十代と思《おぼ》しき女は、強張った無表情のまま、物凄い早口でぶつぶつと意味不明のことを呟いていた。

清美は視線を横にずらした。

(嫌なところに立っちゃった)

声は念仏のようでもあり、禍々《まがまが》しい呪文《じゅもん》のようでもあった。彼女は心で首を振り、

(あの声……)

ふと、眉を顰めた。

去り際に聞こえた大音声《だいおんじょう》は、魔物の放ったものだったのか。

(それとも、私の悲鳴だったか)

怪異は少し時間を置くと、すぐ曖昧になってくる。染みから湧き出した小蝿の群れも、何も見えなかった暗闇も、あまりに現実離れしていて、距離を取るとたちまちに記憶は混乱を来《きた》してしまう。

(夢じゃないのか?)

——夢ならいいのに。

電車が突然、ブレーキを掛けた。彼女は吊革ごと振り回されて、よろめき、小さな悲鳴を上げた。足が痛い。踵を上げると、濡れた感触が伝わってきた。無意識にスニーカーを履いたのは、多分、逃げやすいと思ったからだ。その、左足の中が濡れている。

割れた食器の欠片を踏んだに違いない。目覚めたように、疼痛《とうつう》を訴えてくる足を浮かせて、彼女は奥歯を嚙みしめた。

（なんで、私だけがこんな目に）

彼女は深く項垂《うなだ》れて、滲んでくる涙を懸命に堪えた。鳩尾の痛みまでが増してきた。できれば、椅子に座りたい。いや、それより早く電車を降りて、靴を脱いで傷を見たい。

（ガラスが刺さったままだったら、どうしよう……）

気づくと、電車は停まっていた。駅に着いたわけではないらしい。電車は中途半端なところで、密閉された箱となっていた。

乗客達は動揺も見せない。寝ていたり、喋ったり、夕刊紙を読んだりと、素知らぬ顔を通している。こんなことは日常茶飯事なのか。やがて、車内アナウンスが入った。

――「ただいま、新宿駅構内で、人身事故が発生しましたため、暫く停止致します。お急ぎのところ、お客様には大変、御迷惑をお掛けします」

（ほんっとうに、迷惑よ！）

臍《へそ》の上がキリッと痛んだ。

ショルダーバッグの紐が、肩からずり落ちる。それを腕に抱え直して、彼女は小さく何度も喘いだ。顔が歪んでいるのがわかる。腹痛を堪えようとして、息を止め、四肢に力を入れると、血を流した左の足に、痺《しび》れるほどの激痛が走った。思わず息を吸い込むと、酸っぱい吐き気までが込み上げてくる。

脇の下から汗が流れた。視線を落とすと、スニーカーの縫い目が赤く染まっていた。

(やっぱり、ガラスが入ってるんだ)

痛みと不安で眩暈がした。

(お願い。早く、電車……動いて)

目の前が黄緑色に染まっていく。

意識が遠のく。その耳にまた、前に座った女が発する、呪文のような声が届いた。霞《かす》む視線をゆっくり上げると、女は覗き込むように、清美のことを見上げていた。唇の端が上がっている。べたりと赤い口紅の、その隙間からぽろぽろと粟粒のような言葉が零れた。

「い、わい、わい、わい」

総毛立つ感覚に、意識が一瞬、覚醒した。言葉がはっきり耳に届いた。

「怖い。怖い。怖い。怖い。怖い。怖い?」

鶏のような声を上げ、女が嗤い、清美を指差した。

「怖い? 怖い? 怖い? 怖い?」

笑い声が車内に響く。平常の中にいた乗客の視線が一斉に、こちらを向いた。

怖い? 怖い?

全員の唇が嗤い、全員の唇が、同じ形に動いて見えた。

清美の視線が大きくぶれた。

(そうよ。怖い。怖いわよ……)

ずるりと、吊革から指が離れる。

倒れる瞬間、もう一度、足が裂けんばかりに痛んだ。

23

暗闇から声をかけると、ゆき子はぎくっと身を震わせた。

「ご苦労様。バイト終わるの、待っていたのよ」

溜息のように微笑んで、清美は彼女に近づいた。左足をひきずっている。ゆき子はそれに眉を顰めて、素早く清美の全身を窺うように眺め渡した。

昼に見せた親近感と大袈裟なまでの優しさは、今、色褪《いろあ》せて思われる。多分、夜という時間帯が、表情を乏しく見せるのだ。

(それとも私、また、病人みたいな顔色をしているのかしら)

——気がついたとき、清美はひとりで駅のベンチに座っていた。失神した自分を、誰かが外に出してくれたのか。それとも、自分で降りたのか。記憶は残ってなかったが、手当てをされた気配もなく、置き忘れられた鞄のように、彼女は放置されていた。

完全に気を失ったのに、どうして自分は救護室に連れていってもらえなかったのか。やや憤然と思いつつ、彼女は鳩尾の辺りに触れた。鈍い違和感は残っていたが、痛み自体は治まっている。

（一体……どこまでが現実なのよ）

顔を擦ってから足許を見ると、左の靴の舌革が赤黒いもので強張っていた。

足の怪我は現実だ。清美はスニーカーを脱ごうとして、あまりの痛みに声を漏らした。固まった血が傷と靴下、靴底を膠《にかわ》のように貼りつけている。なぜか、こういう傷だけは、絶対、夢現の混沌の中に紛れて消えてはくれない。

危惧のとおりに、蹠《あなうら》にガラスが刺さっているかは知らない。しかし、このまま街に出ても、どうにもならないことは確かだ。

彼女は駅の時計を見た。七時半を回っている。もう、病院も開いてない。清美は溜息をついて、行き先表示に首を傾げた。

座っているのは、下りホームだ。都心方面とは逆だ。誰かがわざわざ連れてきたのか。自分で勝手に歩いてきたのか。

もう、考えることも面倒臭い。

思考を放棄して座っていると、ホームに電車が入ってきた。清美は無意識に立ち上がり、アパートに戻る電車に乗った……。

「御札、貼ったんだけど、なくなっちゃったの」

シャッターの閉まったドラッグストアの前に立ち、彼女はゆき子に呟いた。

この半日の間に起こったことをきちんと受け止めてくれるのは、もう、ゆき子以外には存在しない。清美はアパートの最寄り駅に戻ってのち、彼女のバイトが終わるまで、近くの公園で待機したのだ。

その間、できる限りの手当てはした。

靴はなんとか脱げたものの、靴下は完全に固まっていた。彼女は隅《すみ》のベンチで靴下を切り、消毒薬をぶっかけて、小一時間かけて布を剝がした。

今、足は包帯で膨れ上がって、スニーカーは引きずるしかない。見る限り、ガラスの破片がなかったのが、僅かばかりの慰めだった。

「部屋に御札を貼ったらすぐに、ポルターガイストみたいなことが起こってね。食器が全部、割れてしまって。逃げるとき、足を切っちゃったのよ」

眉を顰めるゆき子の視線に、清美は虚ろに微笑んだ。

「酷いわね……。キヨちゃん、最近、ずっと怪我をしてるのね」

「してるんじゃなくて、させられてるの。お願い。私、もう、あのアパートに絶対、帰りたくないの。中川さんの部屋に泊めてくれない？」

彼女に対する気後れも、今は残っていなかった。清美は縋るように両手を合わせた。

ゆき子だけが、救いの手なのだ。新里がダメで、親がダメで、御札がダメで、あとはもう、彼女しか残ってないのだ。

清美は両手を擦り合わせた。

「うーん」

煮え切らない顔をして、ゆき子は顎を指で叩いた。

「私、これから、劇団の仲間と飲む約束してるのよ」

「じ、じゃあ、どこかで待っているから。帰ってきたら一緒に行こう」

予想に反した冷たい答えに、清美は慌てて食い下がった。

声をかけた瞬間から、彼女はゆき子が微かな忌避と警戒を見せているのに気づいていた。親切にはしたものの、全面的に頼られるのは困るのだろう。ゆき子は多分、清美のことを友達だとは思っていない。単なる元アルバイト仲間だ。そんな存在に昼間、多大なる慈悲を発揮してみせたのは、そういう役割を演じる自分に酔っていたからにほかならない。

清美はそれを悟った。が、悟ったところで、今、彼女の手を離してしまうことは適わなかった。まさに藁《わら》にも縋る気持ちで、彼女はゆき子に頭を下げた。

「お願い。迷惑なのはわかっているけど、私、ホントに怖いのよ。一日だけでいい。今晩だけ……今はひとりになりたくないの。明日になったら、私、すぐ、田舎に帰ろうと考えてるの。それで、親に言って、どうしても引っ越しを許してくれなかったら、大学自体、辞めるつもりよ」

「そんな、もったいない」

「いいのよ。だって。――命のほうが大事じゃない！」

高い声で伝えた言葉に、さすがにゆき子もびっくりした様子を見せた。少しは清美の切羽詰まった気持ちを理解できたのか、彼女はしばし考え込むと、何かを思いついたようにして、大きく瞳を輝かせた。

「そうだ。これから一緒に来ない？」

「どこに」

「飲み会。少し騒げば、キヨちゃんの気も晴れると思うし。それに、そうよ！」

ゆき子はポンと手を叩いた。

「今日の宴会に、小さな会社なんだけど――芸能プロダクションの社長が来るのよ。その人が、以前、すごい力を持っている霊能者と知り合いなんだって言ってたわ。その霊能者、呼んでもらおうよ！」

素晴らしい名案だとばかり、彼女は清美の肩を持って揺さぶった。足の痛みに、清美は思わず顔をしかめる。ゆき子は気がつかない様で、跳ねるごとくに歩き始めた。

「そういう人が来るときに事件が起こるのも、巡り合わせってやつだと思うわ。きっとキヨちゃんの守護霊が、護《まも》ってくれようとしてるのよ。すごいわ、キヨちゃん。あんた無茶苦茶、運いいじゃん！」

半ば清美を置き去りにして、ゆき子は歌うように語った。陶酔しているのが、傍《はた》でもわかる。

「そうだ。電話しておこうっと」

ゆき子はビーズのバックから携帯電話を取り出して、振り返って小首を傾げた。

「どうしたのよ。早く来て」

顔には満面の笑みが浮かんでいる。

清美の口許がひきつった。

「足が痛いのよ……」

「あ、そうだったわね。ごめんなさい。私、すっかり忘れていたわ」

24

連れていかれた居酒屋には、既にできあがった若者達が男女取り混ぜ、七人ほどいた。

「遅いじゃん」「聞いたわよ、お化けが出るってえ？」「霊能者さん、すぐ来るってさー」

高声に取り巻かれながら、清美はゆき子と共に畳に座った。不器用に巻かれた包帯を見て、誰もが同情の声を放つ。

「ガラスで切っちゃったんだって」

ゆき子は事情を説明し、清美を周囲に紹介した。

「彼女が沖村清美さん。怨霊《おんりよう》に取り憑かれちゃった人」

感嘆とも、同情ともつかない声が広がっていく。清美はひどく赤面しながら、視線を背けて頭を下げた。

ゆき子の大袈裟な性格は、ある程度把握していたものの、彼女の言い方は的外れで、しかも清美を傷つけた。

(取り憑かれてなんかいないわ)

住んでいる部屋がおかしいだけだ。

最前の守護霊という言葉にしろ、神社のパワー云々にしろ、響きは皆、どこか胡乱だ。彼女自身も彼女の仲間も、自分のことを酒のつまみか見世物程度にしか思っていない。のこのこついてきたことを、今更、清美は後悔した。しかし、ほかにどうすれば、今晩を無事に凌げたのか。

(少なくとも、ここならば、ひとりで震えることはない)

考え、彼女は頭を上げた。

ゆき子と同じ劇団に所属しているという人々は、二十歳前後から四十代まで。いずれもOLやサラリーマンには見えない格好をした人間ばかりだ。

奥の席に、アロハシャツを着たやや年配の男性が、胡座《あぐら》を掻いて彼女を見ていた。どうやら彼が、小さい芸能プロダクションの〝社長〟とやらであるらしい。清美にそういう知り合いはいない。従って、彼が芸能界の「普通」かどうかはわからない。が、男は若作りをしている分、微妙に安っぽく思われた。

「雅龍《がりゅう》ちゃんはすぐ来るからね」

長い煙草《たばこ》をふかしつつ、男は馴れ馴れしい風情《ふぜい》で笑った。

「悪霊ってどんなん？　ゾンビみたいの？」

清美の隣に座った男が、これも馴れ馴れしく身を乗り出した。

「だめだめ。詳しい話は霊能者さんが来てからよ」

ゆき子が清美を引き寄せる。庇ってくれたとも言えようが、自分のことを所有物扱いしているようにも思われる。

(そんなふうに思っちゃ悪いわ)

これでは、被害妄想だ。

ビールのコップを受け取って、清美は愛想笑いをした。ゆき子はもう、清美を見ていない。彼女はチューハイを一気に飲んで、内輪でしかわからない冗談を受けて、笑い転げた。

清美はビールで口を湿らせた。

(アルコールは傷に悪いよね)

見回しても、ソフトドリンクは置いてない。

「お腹空いたの？　どんどん食べてね」

視線に気づいて、知らない女性が焼き鳥の皿を押し出してきた。清美はまた、ひっそりと薄く愛想笑いして、再びグラスを唇に当て、ビールを飲む振りをした。

ほとんどが初対面という人間の、酒を飲むための集まりで、勝手にソフトドリンクをオーダーするのは気が引ける。

清美はちびちびとビールを含み、申し訳程度に枝豆をつまんだ。

そこここで起こる笑いと冗談の応酬は、気晴らし以上に疲労をもたらす。彼女は溜息をついて、机の下にある足に触った。

傷ついた足は、カイロでも入れているように熱を持っている。

(雅龍ちゃん……ていうのが、霊能者なのか)

〝社長〟とやらの口から出ると、これもまた、ひどく胡散臭い。が、まともであろうとなかろうと、早く来てくれれば、この空虚さも少しは紛れるに違いない。

清美は霊能者の到着を待った。

女が現れたのは、二十分ほどのちだった。アロハシャツの男の手招きに、全員が入り口に振り向いた。女はちょうど、縄暖簾《なわのれん》を潜《くぐ》ったところだ。

長い黒髪に、黒いワンピースに、赤い口紅。耳と首と指につけた貴金属は、いずれも大振りで金色をしている。

誰かが低く口笛を吹いた。女は嫣然《えんぜん》と近づいてくる。三十代半ばといったところか。笑うと、大きな口が目立った。

霊能者――というよりは、スナックのママか、ホステスみたいだ。

「やあ、待ってたよ」

〝社長〟は女を自分の隣に座らせて、手ずからグラスにビールを注《つ》いだ。

「暑くって、やんなっちゃった」

女は手で顔を扇いで、座に着いた全員を見渡して、

「あなたね？　怖い目に遭ってる人は」

大きく腕を振りかぶり、ズバリと清美を指差した。

感嘆の声が周囲で上がった。どう反応したらいいのかわからず、清美は曖昧に頷いた。

この群れの中で一番、疲労し、やつれ果てていることは、誰が見ても明瞭なはずだ。皆は感心しているようだが、彼女は女が自分のことを指差したことが気に食わなかった。

(中川さんもそうだけど……、この人も随分、芝居がかってる)

ゆき子同様、実は売れない女優とやらではないのだろうか。

疑惑ばかりを募らせていると、ゆき子が肘で突《つつ》いてきた。

「話してあげて」

気がつくと、座の全員が清美の話を、今か今かと待ち構えていた。好奇心ばかりが剝き出しだ。彼女は強い忌避感を感じた。しかし、今更、否とは言い難い。

(もしかしたら、本当に力のある霊能者かもしれないんだし)

本当に、自分の守護霊とやらが、救いの手を差し伸べてくれているのかもしれないし……。

「細かい話ばかりが続くんですけど」

清美は訥々《とつとつ》と喋り始めた。

体験を語っていくほどに、清美は恐怖を反芻し、戦き、ときには涙ぐむ。不器用な語りだからこそ、その体験は真に迫って、テーブルを囲む人々にかなりの驚きをもたらした。いや、正確な反応は、物凄く〝受けた〟というのが正しい。

「いやあ、こわぁい！」

聞き終えた途端、向かいに座っていた眼鏡《めがね》の女が、笑いながら体を捩った。

「俺、ダメ。怪談、ダメ。苦手なの」

隣の男は手を振って、床の上にひっくり返る。

ゆき子はそのときどきに、清美に会った印象を喋るのに一生懸命だ。

「それでね、まるで本人が幽霊みたいだから、そう言ったのよ。そうしたら……ちょっと、あんた、ちゃんと聞きなさい！　そしたら、キヨちゃん、泣き出しちゃって……」

清美は硬く強張った微笑を口許に貼りつけて、周囲の人々を見渡した。

皆、酔っている。

誰も、信じてはいない。

僅かなリアリティがあったとしても、彼女の恐怖は自分とはかけ離れた世界のことだ。同情は、難民の子供の映像を見て、貰い泣きしているのと変わらない。

彼らは清美と別れたのち、テレビのチャンネルを切り替えるごとく、その悲しさを忘れ去り、お笑い番組を観て笑うのだろう。明日、清美が死んでしまっても、「気の毒ね」のひと言で三日後には忘れ去り、ときどき、こうした飲み会の怪談話として盛り上がるのだ。

清美は霊能者・雅龍を見た。

彼女だけは、最後まで神妙な顔で話を聞いていた。胡散臭かろうがなんだろうが、やはりプロはプロなのか。

清美は女の顔を見つめた。女は鷹揚に頷くと、隣の〝社長〟と視線を合わせ、それから大きな声を放った。

「ねえ、皆さん。これから全員で、彼女のアパートに行ってみない？」

清美は目をしばたたいた。声が届いた瞬間に、各々から歓声が放たれる。

「いいね、いいね」「うっしゃ、行こうぜ！」「マジィ？　こわーい！」

彼らは酔った勢いのまま、ハイテンションで立ち上がった。

清美は座り込んだまま、呆然として彼らを見上げた。酔っぱらい達の興奮は、墓地の肝《きも》試しそのものだ。

（見世物じゃないのよ）

清美は雅龍に目で訴えた。女は立ち上がり、清美に囁く。

「実際、そのアパートに行って、何がいるのか見たほうが早いわ。いいわね」

「でも……」

「大丈夫よ。私が除霊してあげるから」

力強く、彼女は頷いた。

「だけど」

「お金？　心配しないで。お金はお金持ちの人から、いつも沢山貰っているから」

「おやおや、それは俺のことかな？」

〝社長〟が笑って、割り込んできた。

「そうよ。わかっているじゃない」

急に甘えた鼻声になり、女は男の腕を抓《つね》った。

「もう、雅龍ちゃんには敵わないなあ」

〝社長〟が笑って、靴を履く。

見交わす眼差しが意味ありげだ。

清美はまた不安になって、それでも皆にせっつかれ、のろのろと靴を引っかけた。

25

『203号室』のドアの前に着いたのは、まさに丑三《うしみ》つ時《どき》だった。

「ああ、もう霊気を感じるわ」

雅龍は肩を竦め、身震いをした。その脇で清美は息を詰め、じっと扉を睨《ね》めつけていた。

(ドアが閉まってる……)

昼間、彼女は扉を開け放ったまま、部屋から逃げてしまったはずだ。誰かが扉を閉めたのか。それは充分、あり得る。しかし、

(もしも、鍵が掛かっていたら)

彼女は全員の視線を背に受けながら、そっとノブを回して引いた。鍵は掛かっていなかった。ホッとする清美を押しのけて、雅龍がまず扉を全開にした。そして、鼻を押さえて躙り下がった。

「酷い臭い」

ほかの連中も口々に、嫌悪の呻きを漏らして下がる。

「これが例の異臭ってやつ?」

顔を背けて、ゆき子が訊いた。清美も同じく息を詰まらせ、頷きながら顔を歪めた。

明かりは点いたままである。それを受けて、散らばった食器の破片が、鈍く光っていた。

ひん曲がった家具の配置も、地震もどきの振動が起こったときのままだった。

しかし――。

上がり口から部屋の中まで、清美は視線で床を辿った。

すべてに、埃が積もっていた。

昼まで座っていた床の上にも、テーブルにも、割れた食器にも。部屋の隅には、黒い黴をまとわりつかせた綿埃までが転がっている。

「そんな……」

清美は呟いた。

ここのところ、掃除はきちんとしていたはずだ。たった半日で、部屋がこんなに埃塗れになるはずはない。

恐怖に喉を詰まらせながら、彼女はそれを訴えた。雅龍は目を閉じ、寛容な態度で清美の話を聞いて、

「まあ。悪い霊に取り憑かれると、掃除も何もが億劫になるの。平気よ、何も心配しないで」

顎を反らして微笑むと、一足しかないスリッパをさっさと履いて、部屋に入った。ゆき子達も異臭と埃に顔を激しく歪めつつ、爪先立って、後に続く。清美はしんがりを取りながら、食器の欠片に視線を投げた。

(さっき割れたばかりのものにも、埃が積もっているっていうのに……。どうして異常だと思わないの？　なんで……霊能者のくせに、私の言うことが、本当だってわからないの？)

清美は箒《ほうき》を取り出して、砕けた欠片を掃き集めた。箒の筋目と皆の歩いた跡だけが、埃の中で筋になっている。

(どうして、おかしいって思わないのよ！)

清美は唇を噛みしめた。

やっと大勢の人達を自室に招くことができたのに、誰も部屋を褒めてくれない。それどころか、汚らしい「片付けられない女の部屋」としてしか、評価してくれない。

彼女はそれも口惜しかった。

(でも、いい。彼らがいてくれる間に、少しでも部屋をきれいにしよう)

そして必要な物をまとめて、朝一番で郷里に帰るのだ。

(早く帰ろう。早く帰りたい)

大きな破片を片付けて、彼女は雑巾を手に取った。

腰を伸ばすと、いつの間にか方位磁石を手に持って、雅龍が得心の声を放った。

「ああ。玄関が北向きだもの。それに水廻りが鬼門にあるわ。これじゃ、悪いものが溜まっても仕方ないわよ」

「ふうん。風水が最悪なんだ」

ゆき子が納得顔になる。

ふたりの瞳がどことなく、傲慢《ごうまん》な光を宿して思われた。

――「まったく、単純な問題ね。原因はもう摑んだわ」

口許にくっきり浮かんだ笑みが、そんな言葉を含んで見える。

清美は雑巾を床に放って、思わず強い口調で言った。

「それって仕方ないんじゃないですか？　こういう横並びのアパートで、窓を南にしたいなら、玄関は北になるに決まってるでしょ。トイレやキッチンの場所だって、限定されるじゃないですか」

それで悪いものが集うというならば、南向きのアパートの大半は悪霊の棲処《すみか》ということになる。このアパートのすべての部屋も、阿鼻叫喚《あびきょうかん》の騒ぎになっているはずだ。

「だからね。集合住宅は厄介なのよ」

雅龍は清美の反論を押さえ込むごとく、ぴしゃりと言った。睨んでくる目が恐ろしかった。清美は慌てて口を噤んだ。

「それにここ、鼠が出るって言ってたわよね」

顎を上げて、雅龍は続けた。

「いえ。今はもう」

清美はおどおどしながら首を振り、

「あれが最初から鼠だったかどうかも、よくわからないし……」

「だけど、鼠の気配は感じたんでしょ」

再び清美の口を封じて、彼女は部屋を見渡した。そうして、両手を前に突き出す。意味不明の、異様なジェスチャーだ。雅龍は何もない空間から、何かの気配を読み取るごとく、手を振り、何度も頷いた。それから腰に手を当てて、改めて清美を見据えると、強い口振りで言い切った。

「ここは動物霊の溜まり場ね。江戸時代から明治の初め、この土地には裕福な一族がいて、珍しい動物を手に入れては虐待して、殺して楽しんだのよ。その怨念に惹《ひ》かれて、動物霊のみならず、悪いものが沢山、寄ってくるのよ」

「でも」

清美はもう一度、悲しい反論を試みた。

「この辺りはつい最近まで、田圃だったって聞きました」

「だから、この辺りが農家だった頃、家畜をこき使って虐待死させた人が住んでいたのよ」

(珍しい家畜って、何なのよ)

清美は呆れて、口を閉ざした。雅龍はむしろ反論を待つような態度で、沈黙している。

清美は少し迷ったのち、その期待に敢えて応えた。

「隣の部屋は、何もないみたいなんだけど」

「気づいてないだけ」

女は笑った。

「あなたは気づいただけ幸せよ。気がつかないで、どんどん具合が悪くなって、死ぬよりいいでしょ」

「…………」

清美は黙った。もう何も、彼女に言うことはない。

一目見たときから、疑っていたのだ。さして落胆は感じなかったが、与えられた疲労感は大きかった。

雅龍はまたしばし、反論を待ってのち、清美が口を開かないことを確認すると、唇を窄めて息を漏らした。

「これでよし」

彼女は〝社長〟に振り向いた。

「もうおしまいよ。帰りましょ」

「おしまいって？」

ゆき子が首を傾げる。女は得意げに眉を吊り上げ、

「私は大袈裟なお祓《はら》いはしないの。私の後ろには八大龍王様がいらっしゃるのよ。だから、私がいるだけで、空間がきれいに浄化されるの」

そこここで「へえ」という声が上がった。疑惑を含んだその「へえ」にも、雅龍は余裕の笑みを見せ、清美に素早く視線を流した。

「思い出して。清美さんは、私が部屋に入った途端、掃除する気を起こしていたでしょ。あれはもう、心が魔から解放されて、日常を取り戻し始めた証拠なの」

「あ、なるほどねえ」

声が納得に傾いて、全員の視線が清美と雅龍を見比べる。雅龍は勝者の余裕を見せて、清美の前に歩み寄り、駄目押しに近い言葉を放った。

「さっき、あなた、私の言うことを不愉快だと考えて、抵抗したでしょ。それは魔物の最後の足掻《あが》き。どう？　今はもう、言うことないでしょう？　それもまた、取り憑いていた魔物が離れた証なの」

「……そうなんだ。良かった。……助かりました」

目を合わせずに、清美は頷いた。

(馬鹿馬鹿しい)

足許から崩れるような、絶望感だけがある。

この人も、どの人もみんな同じだ。自分の許容する範囲でしかものを見ないし、信じない。自分の理解できないものは、理解できる範疇に置き換えるか、否定をするか。どちらかしか方法はないのだ。

見ない。

見えない。

見る気がない。

――なんて、虚しいんだろ。

「さ。みんな、帰ろう」

呆気《あっけ》ない幕切れに眠くなったような声を出し、〝社長〟が全員を促した。声を聞いて、清美は慌てて、留める形で前に回った。

「お願い。もう少し、ここにいて」

彼女はゆき子の腕を摑んだ。

「もう大丈夫よ。きれいになったって、雅龍さんも言ってるじゃん。今日からは安心して、眠れるでしょう?」

「お願い。今、荷物を取るから、もう少しだけ待っていて。それで、あなたのところに泊めて」

この部屋にひとりで残されるのは、絶対、嫌だ。清美はゆき子の手を引っ張った。ゆき子の眼差しがちらりと苛立つ。彼女は清美に微笑むと、やんわりと、だが、強い力で、清美の腕を振り解いた。

「私ね、実は彼氏と暮らしてるのよ」

「………」

「だから、他人は泊められないの」

ゆき子はさっと踵を返した。背中が清美を拒絶していた。

これ以上、頼んでも無駄だ。

「じゃあね」

「お大事に」

口々に明るい挨拶を残して、手を振って、訪問者達は去っていく。外はまだ、夜明けを迎えていない。清美はドアを開けたまま、暫く入り口に佇んで、突然、びくっと戦くと、ゆき子達の後を追いかけた。

背後に、今までとは異なった、強く邪悪な気配があった。

(怒らせた)

彼女は悟った。

面白がった酔っぱらいに、土足で部屋を踏み荒らされて、動物霊呼ばわりされて、『203号室』は怒ってしまった。

(このままじゃ、私、殺される！)

見えない気配に震え上がって、彼女は懸命に足を引きずった。馬鹿にされても、邪険に扱われてもいい。

(お願い。私をひとりにしないで！)

痛みを堪えて道を進むと、程なく彼らの姿が見えた。清美はホッと足を緩めた。姿が見えれば、慌てて声をかけることはない。とりあえず、乱れた呼吸を背後で整え直していると、

「つっまんねえの！」

明け方前の静かな道に、若い男の声が響いた。

「もっとウゲーとか、ギャアとか、怨霊おっとか。大騒ぎになると思ってたのに」

「はは。雅龍ちゃんは本物だからね。大したことのない場所じゃ、大したこともしないのさ」

よく通る〝社長〟の声が、それに続いた。

「しかし、臭くて汚《きたね》え部屋だったよな」

「ああいう場所じゃ、悪霊も鼠も、住み着いちゃうの、わかるわあ」

清美の歩調が一層、鈍った。彼女は物陰に隠れるように、ゆき子達の会話に耳をそば立てた。

「ネタとしては、ボツなの？　〝社長〟さん」

眼鏡を掛けた女が訊いた。

「難しいねえ。インパクト弱い」

「なんの話？」

相変わらず弾んだ調子で、ゆき子が割り込んで首を傾げる。

「ホラ、もう夏だろ。心霊番組に、何かネタはないかって、知り合いのプロデューサーから言われてるんだよ。そこにちょうど、ゆき子ちゃんから電話が来たから、しめたって思ったんだけどねえ」

〝社長〟は大きく肩を竦めた。

「雅龍ちゃんのリアクションも地味だしさ。せっかく、美人霊能者として売り出すチャンスなんだから、嘘でも話をでかくして欲しかったなあ」

「あら、私、あれでもぎりぎり嘘ついたのよ」

気の強さを前面に出して、雅龍が返した。

「どこが」

「全部よ。あそこ、何もいないもん」

「ええぇっ⁉」

全員がオーバーなリアクションで仰け反った。清美は息を呑み込んで、より一層、気配を潜めた。

得々として、雅龍は語る。

「あそこの心霊現象は、全部、彼女の妄想よ。あの子、地味なふりしてるけど、本当は物凄く自己顕示欲強いわよ。陰険な疑り深い目で、私のことを睨んでさ。ムカついたから、彼女が取り憑かれたのなんの言い出して、過剰な演技を始めないうちに口を封じてやったのよ」

「さっすが！　雅龍オネエサマ！」

〝社長〟がオネエ言葉で身を捩る。並んで歩く人影も、各々納得の言葉を放った。

「わかる、わかる。あの子、そんな感じだったよね」

「田舎臭いったら」

「話しているときも、ちょっとイッちゃった感じだったよな。俺、それが一番、怖かった」

「ゆき子こそ、あの女に取り憑かれているんじゃない？」

「正直、今日、待ち伏せされたのには参ったわ。悪い子とは思わないんだけど、なんつーの。依存心強すぎっての？」

ゆき子が、やれやれとかぶりを振った。眼鏡の女がクスッと笑う。

「どのみち、彼女、テレビデビューのチャンスを逃しちゃったのね」

「悪霊取り憑かれ女で、テレビデビュー？　そんなんでいいなら、あたし、やるぅ！」

素っ頓狂な誰かの声に、皆がどっと笑い転げた。

清美はその場に立ち止まった。

雅龍が部屋を診断したとき、彼女は足許が崩れるような絶望感を味わった。しかし崩れた足許はまだ、底辺に至ってなかったらしい。

彼女は虚無に落ち込んだ。

涙が顎から滴り落ちた。しかし、口許は笑んでいる。その唇が段々大きく開く。

清美は危うく声を出し、笑いそうになって奥歯を噛んだ。

「……帰ろう」

二の腕で涙を拭って、彼女はゆっくり踵を返した。

帰ろう。

どこに帰ろうか。

毎日歩いた畦道が、母の顔が、思い出された。

26

彼女はアパートの部屋に戻った。

帰ればまた、恐ろしいことが起こるのは承知していた。しかし、清美は迷わなかった。

ゆき子達の酷い言葉は、ひとつだけ真実を含んでいた。

——依存心強すぎ。

確かにそうだ。

東京に出てきて以来、彼女はひどく寂しくて、いつも誰かに寄り掛かろうと必死になっていた。

さして親しくもならないうちから、詰め寄るごとくに距離を縮めれば、誰もが忌避感を抱くだろう。電車の中で、人との間隔が狭すぎて気持ち悪いと、清美は思ったはずである。それと同じことを無意識に、彼女は人間関係そのものの内で行っていた。

（私が愚かだったのよ）

誰も自分をわかってくれないなんて、当たり前のことである。清美だって、ゆき子があんなふうに思っていたとは気づかなかった。新里が清美をおかしいと思っていたのも気がつかなかった。

お互い様だ。

ひとりがひとりを理解するのは、場合によっては一生、無理だ。

肩を触れ合わすこともなく、雑踏の中をすいすい泳ぐ人達を、清美は格好いいと感じた。今考えれば、あれは、人口過多の都会ならではのコミュニケーションのオーバーヒートだ。己の周囲の数人ですら、その正体や性格を把握するのが難しいなら、すれ違う人の一々に視線を向けることはできまい。

向こうから来る人すべてに「こんにちは」などと頭を下げて、微笑んでいる余裕はない。姿も無視。心も無視。

清美はそういうドライさを、自分の中に取り入れたかった。それが大人の女なのだと、今の今までは考えていた。

(だけど、できない)

むしろ、そういう態度は不快だ。ならば、さっさと荷物をまとめて、ここから立ち去るべきだろう。

「田舎臭くて、結構よ」

彼女は口中で呟いた。そして、アパートの扉を開けた。

何にしろ、荷物をまとめてここを出るまでは、ひとりで切り抜けなければならない。

部屋の中は相変わらず、厚い埃で覆われている。彼女は雅龍の脱ぎ捨てたスリッパを履いて、部屋に入った。

お気に入りの、フェルトのスリッパ。そこに無事な右足だけを突っ込むと、あの女の温もりが残っているようで気味悪かった。

(霊能者なんて、嘘っぱちね)

勘が働いたとすれば、自分が彼女を疑っていると気づいたことだけだ。その程度の人間を〝社長〟とやらは、どうしてあんなに持ち上げるのか。

答えはとっくに知れている。女は男とできていて、男は女に芸能界デビューをプレゼントしたいのだ。

（今どき、三十過ぎてのデビューだなんて……あ、そうか。だから、霊能力を売りにしようとしてるのか）

幽霊や安い因果話は、なんの証拠がなくても作れる。「珍しい家畜」の祟《たた》りでも、場合によっては通用するのだ。

今回の訪問だって、やりようによってはテレビのネタになっただろう。それを雅龍が拒絶したのは、単に清美の眼差しが、女の癇《かん》に障ったからだ。「悪霊取り憑かれ女」としても、清美の顔がモザイク処理でも、一緒にテレビ画面には映りたくなかったに相違ない。

（お互い様よ……）

ドアを開け放ったまま、清美は部屋の中に佇んだ。

訪問者達の足跡が、積もった埃を掻き乱している。そこから少し離れた壁近く、彼女は異様に大きな素足の跡が、片方だけべったりと押されているのを見出した。

清美は目を細くした。

（意地が悪いわ。本当に）

視線を引き剝がして窓を開けると、彼女は床に散乱している分厚い雑誌を手に取った。新生活にわくわくしながら、何度も見返したインテリア雑誌だ。

(まあね。確かに、この雑誌とか……私、載りたかったなあ)

自己顕示欲が強いというのも、当たっているのかもしれない。

清美は僅かに首を振り、雑誌をドアの隙間に押し込んだ。玄関が閉まらないためのストッパーだ。

部屋が不機嫌な様子で軋む。

それを無視して、部屋に戻って、彼女はボストンバッグを引っぱり出すと、必要なものだけを突っ込み始めた。

時間はあまり残っていない。

風が通っているはずなのに、部屋に悪臭が立ち籠めた。

黴で黒くなった綿埃が、勝手にひとつに集まり始める。

(急いで)

ぎりぎり必要なのは、通帳に印鑑ぐらいなものだ。

(ああ。でも、下着、化粧品)

実家に、夏の洋服はどれほど置いてあっただろうか。

普段使いのショルダーバッグを抱え込み、彼女は押入れをひっかき回した。

電気が消えた。

誰かに乱暴に引かれたように、カーテンレールが脇で鳴る。

外の廊下は明るいままだ。

「わかったわよ！」

闇の中で、清美は叫んだ。

「私を追い出したいんでしょ⁉　今、出ていってあげるから、少し静かにしていなさいよ！」

洗面所から、水音がする。

彼女は化粧品を諦めて、ふたつのバッグを手に持つと、怪我も忘れて廊下に走った。

挟み入れた雑誌を引きずりながら、扉が徐々に閉まっていく。明かりが筋となって細くなる。

「嫌あっ！」

倒れ込むごとく、清美は扉の隙に体を投げ込んだ。

止まった。

大丈夫。もう、外だ。

足を踏み出した耳許に、生臭い男の息がかかった。唾液に濡れた唇が、湿った音を立てながら、声もないひきつり笑いを漏らす。

清美は雑誌を蹴り込んで、後ろ手のままドアを閉ざした。

左足がズキンと痛んだ。

気にならなかった。

遂に部屋から逃げ出せた解放感に、彼女は笑った。

27

始発まではまだ間があった。

下りたシャッターに寄り掛かり、清美は何度も溜息をつき、ずり落ちてきた包帯を持ち上げた。

左足は、踝《くるぶし》の骨がわからないほど腫れている。手の指同様、ずさんな手当てが悪いのか。それとも、体全体の免疫機能が低下しているのか。

(帰る前に、医者に寄ったほうがいいかしら)

絶対に死守したいのは、アパートに戻らないことだけだ。夜明けを待って病院に行き、それから電車に乗ったほうが快適なのは間違いない。

(お腹も空いたわ。喉もカラカラ)

彼女は周囲を見渡した。

改札口の脇で、自動販売機が強い光を発している。億劫そうに立ち上がり、清美は「お茶」と呟いて、ショルダーバッグに手を入れた。

(あ。ビール代、払うの忘れた)

ふと、そんなことが頭を過ぎる。

「まあ、いいや」

彼女は再び呟き、バッグの中をまさぐった。

間仕切りのないショルダーバッグは、いつでも中がぐちゃぐちゃだ。自販機を見ていた眼差しが、バッグの中に移された。

機械の明かりに照らされた視線が、そのとき突然、凍った。顔が強張る。彼女は中をひっかき回し、ポケットを探り、ボストンバッグの中にも手を突っ込んだ。

——財布がない。

「そんな」

清美はふたつのバッグを逆さまにした。中身が地面にぶちまけられる。ボストンバッグの奥のほうから、以前に無くしたと思っていたリップスティックが転がり出てきた。

しかし、財布は見つからなかった。

頭から一気に血の気が引いた。愕然《がくぜん》として、彼女はそのまま固まった。

(キャッシュカードも、保険証もあの中だ)

一文無しでは、家に戻れない。

財布はいつもショルダーバッグに入れてある。外で買い物をする以外、取り出す機会はないのだから、部屋に置き忘れたはずはない。しかし確かめるとしたら、やはり、あの『203号室』だ。

清美の体が微かに震えた。渇いた喉がごくりと鳴った。

怖い。

(あの部屋に戻ったら多分、二度と出てこられない)

「どうして……?」

汕々しい指先で、散らばった物を集めつつ、彼女はぶつぶつ呟いた。

「追い出したかったんじゃないの? なんで、こんな意地悪するの? 私が何をしたっていうの?」

次第次第に、震えが大きくなってくる。彼女は印鑑を取り落とし、しゃがみ込むと、指を伸ばした。

その手許が、夜とは別の闇でふっと暗くなる。

「何してんの」

男の声が降ってきた。

息を呑んで振り仰ぐと、困惑した笑みを湛えた新里が清美を見下ろしていた。

「新里くん……」

しゃがみ込んだまま、清美は掠れた声を放った。

「どうしたの？　電車待ってるの？」

挨拶代わりに質問しながら、彼は転がった印鑑を彼女の掌の上に戻した。清美は戦慄く指先を悟られないよう、握り込み、

「新里くんこそ、こんなところで何やってんの」

「俺は、ここで待ち合わせ。車でダチと湘南行くんだ」

もう夏休みに入ったのか。

湘南という場所を口にしてのち、彼は照れたようににやりと笑った。ナンパ目的に違いない。そんな男の屈託のなさに、小さな羨望を覚えつつ、清美はそつなく話を続けた。

「何時に待ち合わせしているの」

「五時半。早く来すぎたよ」

彼は大きな欠伸を漏らした。清美は腕時計を見た。待ち合わせの時間にはまだ、二十分近くある。

彼女は唇に力を入れると、立ち上がって彼の顔を見た。

「お願いがあるの。時間は絶対、取らせないから、ちょっと、家に来てくれないかな」

二度と、人には頼るまいと思っていたのだが、この幸運な偶然を見逃すことは断じてできない。煩がられても、嫌われてもいい。今一度だけ、五分ほど、部屋に入ることができれば。

気軽さを装ったつもりだったが、緊迫感は隠せなかったに違いない。新里はいぶかしげに眉を顰めた。

「どうしたの」

「部屋に財布を忘れてきたのよ。ひとりで戻るのが怖くって」

「…………」

「お願い。部屋までつきあって」

「相変わらず、怖がってんだ」

彼は唇の端を緩めた。

「そうよ。だから、田舎に帰るの」

清美は込み上げてくる感情を抑えかねて、声を高くした。

「一生のお願い。お願いよ！」

「……わかった」

新里は頷いた。呆れ果てた目つきをしている。

もう、構うまい。清美は安堵で、思わず息を震わせた。そしてバッグを両手に持つと、可能な限りの早足で、まだ暗い道を戻っていった。

改めて踏み入った室内は、白けたように静まっていた。

明かりを点けると、埃も見えない。

(ここはいつも、そう)

清美以外の誰かがいると、異変は何も起こらないのだ。

(卑怯者《ひきょうもの》)

新里を玄関口に待たせたまま、ベッドの脇に近寄ると、シーツの上に財布があった。自分で置いた記憶はない。だが、詮索をするのは、最早、無意味だ。

清美は素早く財布を取って、思わず胸に抱きしめた。

「良かった。これで帰れるわ」

ありがとう、と振り向くと、玄関にいると思っていた新里の顔が間近にあった。彼は微笑み、驚いて目をしばたたく彼女に囁いた。

「帰るの、やめたら？」

「どうしてよ」

胸に財布を抱いたまま、清美は一歩、後ろに下がった。近すぎる距離が、警戒心を呼び覚ます。

清美は湧き上がる不安を抑えて、無難な笑みを貼りつけた。新里も優しげな微笑を返す。

「俺といれば平気だろ」

そして素早く距離を詰め、彼は清美をベッドに倒した。

「何するの！」

叫ぼうとした口が、手で塞がれた。

「そのつもりで、部屋に入れたんだろ？」

——違う！

「今までだって、俺を誘おうとして一生懸命だったじゃねぇか」

雑な手で、スカートがまくり上げられた。渾身《こんしん》の力で抵抗すると、新里は彼女を殴りつけ、音を立ててシャツを引き裂いた。そして、のし掛かってくる。

覗き込む顔の輪郭が、ぶれを起こして黒ずんだ。嘲笑《ちょうしょう》を貼りつかせた唇が、唾液に濡れて光って見える。清美の目に、それだけが妙にくっきり映って見えた。

塞がれた口から、音にならない長い絶叫が放たれた。

にちゃり、と湿った音を立て、男の口が大きく歪む。生臭い息が顔にかかった。

清美は目を見開いた。

ベッドに跨《またが》った男の足は、爪の間に垢が溜まっているように、不潔で、筋張って、青黒い。

(新里くんじゃない!)

悟った瞬間、影は崩れて、黒くぶよぶよとした塊に変じた。同時に、清美の全身が硬直したように自由を無くした。

形の定まらない闇は、何万匹と集まって人影と変じた小蝿の群れだ。その塊から、歯列の悪い、濡れた口だけが覗いている。

影はだらしない笑みを浮かべつつ、清美の四肢にまとわりついた。

重い。苦しい。息が詰まった。形は定かでないくせに、撫で回す手の感触だけは、痛いほどに皮膚に食い込んでくる。

(やめて! やめてえっ!)

藻掻くのは、壊れかけた魂だけだ。

脇でカーテンが揺らめいた。裂けんばかりに見開いた目に、その緑色がくっきり映えた。癒し系を目指したリーフプリント。

散らばった葉のひとつひとつが、今は薄く光っている。心で悲鳴を上げるたび、それが各々蠢いている。

目、だった。

カーテン一面に、貼りついているのは葉模様ではない。数多《あまた》の目が、清美のことを凝視して、嘲笑《あざわら》っている。

――これはなんなの⁉

黒い影に蹂躙《じゅうりん》されながら、清美は絶望の呻きを漏らした。

天井の染みが広がって、皹《ひび》のごとく、網目のごとくに部屋の壁を覆い尽くした。そこからまた、闇が湧いてくる。卑《いや》しい嘲笑が噴き出してくる。

これらすべてが錯覚なのか。

全部が、自分の妄想なのか。

ならば、この感触は。

見ているものは。

見てきたものは。

異臭は。床の温もりは。鏡の影は。足音は。トイレを蹴飛ばす足音は。天井を走り回った鼠は。落ちたペットボトルは。何もなかった天井裏は。火を噴いたドライヤーは。壁の軋みは。怒鳴り込んできた隣の男は。速報の流れなかった地震は。廊下の闇は。水音は。電車の声は。積もった埃は。

そして、今、自分が感じている男の重みは。汚い足は。

「これは一体、なんなのよおおぉぉっ!」

28

——気がつくと、部屋には誰もいなかった。

清美はひとり、昼寝でもしていたように、ベッドに横になっていた。引き裂かれたはずのシャツも元の通りだ。ただ、全身に残る感触と痛みは、夢とするにはあまりにも、生々しいものだった。

のろのろと、彼女は体を起こした。

窓から見える外は暗い。まだ夜は明けていないのか。それとももう、暮れてしまったか。

清美は顔を両手で擦り、気づいたように腕を見た。手首に痣が残っていた。強く摑まれた指の痕《あと》だ。彼女はぶるっと身震いをして、自分の体を抱きしめた。

手も足も、氷のように冷たい。込み上げる嗚咽に喉を鳴らすと、それを嘲笑うごとく、部屋の電気が明滅した。

清美は宙を睨めつけた。頰に涙は流れない。むしろ激しい哄笑《こうしょう》を堪えたような顔つきで、清美は部屋を見渡して、本当に、声を立てて嗤った。

「私を不幸にしたいんでしょう」

泥酔者の口ぶりで、彼女は呟き、再び嗤った。

「ダァメよ。そんなことは、無理」

清美は立ち上がって、首を左右に振った。

「人を強姦するときですら顔も見せられない臆病者に、これ以上、何ができるというの？」

見えない何かに目を据えて、清美は静かに言葉を放った。

「卑怯者。姿も見せないまんま、私をいたぶって面白い？　部屋を散らかして楽しいの？　あんたなんか、鼠以下じゃない！」

最後を甲高《かんだか》い叫びに変えると、蛍光灯がまた、瞬いた。

清美はそこに指を突き出す。

「何よ。文句があるんなら、姿を見せてみなさいよ！　そんなんじゃ、もうビビらないわよ。いい？　私、怒ったからね。だからもう、この部屋を出るのは止めた。せっかく出ていってやろうとしたのに、あんたが引き留めたんだから、その責任は取ってもらうわよ！」

不規則に明滅を繰り返す電灯を、清美はキッと見上げた。プラスチックの笠に半分隠れて、どす黒い染みが覗《うかが》える。それが、この部屋に巣くっている悪意の正体——小心で卑屈な魂そのものに見え、彼女は全身を震わせ、怒鳴った。

「ここは私の部屋よ！」

もう一度、歯を剝き出して、清美は叫んだ。

「出ていってえっ！」

途端、激しい音を立て、蛍光灯が砕けて散った。仰向けていた清美の顔に、鋭いガラスが突き刺さる。

絶叫し、もんどり打つ清美の両足を、太い指が強く摑んだ。のたうつ彼女の耳許に、やっと明確な声が届いた。

——お前だな……お前だな。

――許さねえよ。

――脅かしやがって。

掠れた、陰気な男の声。一体、何を言っているのか。

足をひっぱられ、体が床を引きずられた。腫れ上がった左足が、呪いのような痛みを訴える。

(これは現実だ)

そうでなければ、摑まれた場所が痛むはずはない。

(やっぱり、全部、現実なのよ)

血に濡れて霞む瞳を無理矢理開くと、清美の流した鮮血が、暗い床に、筋となっていた。

引きずられて、呑み込まれていく……。

彼女は足許に視線を投げた。

空間は一面の漆黒の闇に変化していた。そこに男の姿が見えた。

汚い足を踏ん張って、だらしなく口を開けた、若い男。

眼窩《がんか》が虚ろな灰色だった。不揃いに伸びて乱れた髪が、濡れた頬に貼りついている。

(あんたね)

清美はそいつを蹴ろうとし、成し得ず、長く、高く呻いた。

闇を見透かす両眼に、異様な光景が映し出された。

男の肩にもうひとり、男の影が縋りついていた。その後ろには、女が見えた。男。女。女。男――合わせ鏡を覗いたような、その深奥にある闇は見極められない。

(何、これ)

清美は呆然とした。

そうして、次の瞬間に、彼女はすべてをはっきり悟った。

男が元凶なのではない。その後ろにいる誰でもない。

重なる影達は皆、清美と同じ恐怖に戦き、潰えていった人間だ。

築後六年。

一体、何人の学生がこの部屋に入り、無事、出られたのか。

――「学生さんは出入りが激しいからね」

そうやって、忘れ去られた人々を呑み込んだのは、闇の闇。誰も理解の適わない悪意という名の暗闇だ。

ずるっと、体が床を滑った。このまま闇に呑まれれば、死の連鎖に自分は加わる。

彼女は必死に、床を掻いた。

逃げたい。

嫌だ。

誰か、助けて。

（いいえ、ダメ！）

逃げてはならない。再び恐怖に竦んでは、相手を喜ばすだけだ。『203号室』の魔は、どうあっても、彼女を喰らう気でいる。どのみち、自力では逃げられない。

ならば。

彼女は体を起こして、連なる影の奥を睨んだ。たとえ足が千切《ちぎ》れても、顔がガラスでずたずたでも、このまま、正体もわからないものに殺されるよりはいい。

生きたい。

戦って、生き残ってやる。

「あんたになんか負けないわ！」

清美は再び、歯を剝き出した。

「ちゃんと姿を現しなさいよ！　卑怯者っ！」

そうして、闇に躍りかかった。

失墜していく感覚と共に、左足から頭頂まで、引き裂かれるような痛みが走った。

同時に、視界が明瞭になる。

清美はドアに頭を向けて、床に這《は》い蹲《つくば》っていた。

またも、闇は逃げ失せたのか。

体は相変わらず、血塗れだ。左足の感覚がない。そっと顔に手をやると、突き刺さったガラスの破片が、鋭利すぎる肉叩きと化し、彼女の皮膚をぐちゃぐちゃにしていた。

歯軋りをして、口に入ったガラスを砕くと、視線の真っ正面にある扉のノブが静かに回った。

まだ、決着はついていない。

清美は息を詰め、身構えた。

静かに、少しずつ扉は開く。

昼の陽光を背に負って、細面《ほそおもて》の女が入ってきた。

「……あんたね」

清美の口から血が滴った。

現れた女は玄関から向かいの窓まで、清美を無視して視線を流すと、満足そうな笑みを浮かべた。

「……漸《ようや》く姿を見せたわね」

「うふん」

女の鼻から笑いが零れる。そして一瞬、床に倒れた清美の姿を睥睨《へいげい》すると、彼女を跨《また》いで部屋に入った。

「許さないわ」

床を這い、清美は女の背後に迫った。

「あんたなのね」

——脅かして。

「殺してやる。絶対に」

——ここは私の部屋だもの。

清美はゆっくり立ち上がり、女の首に手を掛けた。

夏の光に輝く窓に、一瞬、影がふたつ映った。

半年後。

青くむくんだ顔をして、細面の女は怯えたように電話ボックスに入っていった。

「……あの部屋、何かあったんじゃないですか」

「何ってほどのことはないですよ」

電話の向こうから、不動産屋は乾いた笑いを響かせた。

「ただ、前の子が家賃を滞納したまま、逃げちゃって」

〈参考文献〉
『たたり』シャーリイ・ジャクスン　渡辺庸子訳　創元推理文庫

二〇〇四年九月　光文社文庫刊

光文社文庫

長編ホラー
203号《ごう》室《しつ》　新装版
著者　加《か》門《もん》七《なな》海《み》

2022年7月20日　初版1刷発行

発行者　鈴木広和
印刷　萩原印刷
製本　ナショナル製本

発行所　株式会社　光文社
〒112-8011　東京都文京区音羽1-16-6
電話（03）5395-8149　編集部
8116　書籍販売部
8125　業務部

落丁本・乱丁本は業務部にご連絡くだされば、お取替えいたします。
ISBN978-4-334-79388-3　Printed in Japan

組版　萩原印刷

光文社文庫　好評既刊

妃は船を沈める　有栖川有栖
長い廊下がある家　有栖川有栖
ぼくたちはきっとすごい大人になる　有吉玉青
SCS　ストーカー犯罪対策室（上・下）　五十嵐貴久
PIT　特殊心理捜査班・水無月玲　五十嵐貴久
黄土の奔流　生島治郎
火星に住むつもりかい？　伊坂幸太郎
よりみち酒場　灯火亭　石川渓月
おもいでの味　石川渓月
夕やけの味　石川渓月
小鳥冬馬の心像　石川智健
月の扉　石持浅海
心臓と左手　石持浅海
玩具店の英雄　石持浅海
二歩前を歩く　石持浅海
パレードの明暗　石持浅海
鎮憎師　石持浅海

女の絶望　伊藤比呂美
人生おろおろ　伊藤比呂美
セント・メリーのリボン　新装版　稲見一良
ぞぞのむこ　井上宮
珈琲城のキネマと事件　井上雅彦
ダーク・ロマンス　井上雅彦監修
蠱惑の本　井上雅彦監修
秘密　井上雅彦監修
狩りの季節　井上雅彦監修
今はちょっと、ついてないだけ　伊吹有喜
喰いたい放題　色川武大
魚舟・獣舟　上田早夕里
夢みる葦笛　上田早夕里
労働Gメンが来る！　上野歩
天職にします！　上野歩
熟れた月　宇佐美まこと
讃岐路殺人事件　内田康夫